JÉRÔ

Né en 1962, Jérôme-Arnaud Wagner publie son premier roman autobiographique en 2010 *N'oublie pas que je t'aime* (Les Nouveaux Auteurs), en hommage à sa femme, brutalement disparue à 35 ans à la suite d'une erreur médicale. Il fait paraître l'année suivante *Les Étincelles du bonheur* (Michalon Éditions), dédié à sa grand-mère qui l'a élevé. Il publie en 2012 un troisième roman *Reviens mon ange…* (Les Nouveaux Auteurs), fiction amoureuse avec trame policière en toile de fond, qui avait été commencée par sa femme, ultime clin d'œil à *N'oublie pas que je t'aime*.

Retrouvez toute l'actualité de l'auteur sur :
www.jeromearnaudwagner.com

REVIENS
MON ANGE…

DU MÊME AUTEUR
CHEZ POCKET

N'OUBLIE PAS QUE JE T'AIME
REVIENS MON ANGE…

JÉRÔME-ARNAUD WAGNER

REVIENS MON ANGE…

LES NOUVEAUX AUTEURS

MIXTE
Papier issu de
sources responsables
FSC™ C003309

Pocket, une marque d'Univers Poche,
est un éditeur qui s'engage pour la préservation
de son environnement et qui utilise du papier fabriqué
à partir de bois provenant de forêts gérées
de manière responsable.

ISBN : 978-2-266-23794-9

À Emmanuelle,
dont j'aurais tant aimé
être l'« Ange gardien ».

« *C'est dur d'avoir envie de protéger quelqu'un et d'en être incapable, fit observer l'Ange.*

On ne peut protéger les gens, petit. Tout ce qu'on peut faire, c'est les aimer. »

John IRVING – *L'Œuvre de Dieu, la part du Diable*

Avant-propos

Ce manuscrit a été commencé en 1999 par Emmanuelle, qui était ma femme. Disparue brutalement un an plus tard à l'âge de 35 ans, elle l'a laissé inachevé. Elle l'avait initialement appelé *Meurtre en direct*. Je ne sais si elle voulait en faire un roman ou un film. Pendant qu'elle l'écrivait, nous en parlions souvent. J'ai eu envie de le reprendre, de le terminer et de le transformer un peu, tout en rajoutant à ce thriller une touche peut-être plus sentimentale. C'est donc une œuvre commune que nous livrons ici aux lecteurs.

Étrangement, l'héroïne qu'elle a dépeinte lui ressemble, une femme actuelle, belle, douée de beaucoup de qualités mais doutant d'elle-même, indépendante et pourtant d'une grande fragilité, généreuse et idéaliste, trop parfois, au risque de se mettre elle-même en péril.

1re PARTIE

L'Amour en fuite

« Il vaut mieux se perdre dans sa passion,
plutôt que perdre sa passion. »
Saint Augustin

I

En ce début d'été, le soleil venait de se lever, mais on le sentait déjà très chaud et on devinait que la journée allait être magnifique. Le ciel était azuré, aucun nuage ne venait troubler son uniformité. Une odeur mêlée de figues, de branches brûlées, de feuilles de tilleuls et d'herbes de Provence se propageait alentour.

Alison Parker possédait une grande maison du XIXe siècle, au cœur de Nîmes. Elle y avait passé son enfance. Elle en avait hérité suite au décès accidentel de ses parents. Bien que parisienne, elle adorait venir s'y ressourcer.

Un imposant portail en fer forgé trônait au milieu de la rue. Il semblait dominer tout le quartier, et la plupart de ceux qui passaient devant ne pouvaient s'empêcher d'être intrigués. Ils auraient tant voulu voir l'aspect de la demeure. De temps en temps leur curiosité était assouvie, juste le temps d'apercevoir une berline aux vitres teintées, faisant crisser ses pneus sur la grande allée centrale, avant de s'engouffrer sous une longue haie de pins centenaires.

Il devait être environ huit heures du matin, lorsque

Alison entrouvrit les persiennes du premier étage. Elle était d'une grande beauté, brune, élancée, yeux marron en amande, type méditerranéen, les traits fins et nobles. De toute sa personne irradiait la lumière. Elle devait avoir tout juste trente ans.

Elle enfila un tee-shirt gris clair, visiblement trop grand pour elle, qui lui arrivait à mi-cuisse, mais qui laissait percevoir ses longues jambes dorées. Elle remonta négligemment ses cheveux et les noua avec une pince. Elle avait gardé un corps et un visage d'adolescente. Ses yeux immenses brillaient comme un feu ardent.

Elle disparut soudain derrière le voile beige des rideaux. Plusieurs minutes durent s'écouler avant que la baie vitrée donnant sur le jardin ne s'entrouvrît à nouveau. D'un geste léger mais assuré, elle posa un plateau sur la table de la terrasse, baignée par les rayons de soleil.

Elle s'installa sur la balancelle avec un journal et, sans même lever les yeux, avança doucement la main vers le plateau et saisit la tasse de thé d'où se dégageait une délicate odeur de vanille. Elle aimait à se prélasser ainsi, tous les matins.

Elle repensa soudain à Frank, qui devait être encore endormi là-haut. Tout était allé si vite. Elle l'avait rencontré il y a tout juste six mois, lors d'un reportage qu'elle avait effectué en Californie, sur les grands programmes immobiliers dans lesquels intervenaient des chaînes hôtelières françaises. Frank était un entrepreneur qui avait réussi et qu'elle avait été chargée d'interviewer. Il lui avait demandé son numéro de portable après l'entretien, prétextant des compléments d'informations à lui transmettre, puis, évidemment, l'avait invité à dîner. Ils étaient presque instantanément tombés follement amoureux… Il était tout ce qu'elle avait toujours rêvé : attentionné, prévenant, cherchant à deviner le moindre de ses désirs… et puis il était américain, comme l'était son père. N'était-ce pas un juste retour aux sources ? Son père, il lui manquait tant… Ils avaient passé avec Frank un week-end de rêve : promenades en amoureux dans les ruelles de la ville romaine, balades à cheval en Camargue au soleil couchant dans les rizières, dîner aux chandelles aux Baux-de-Provence, un vrai conte de fées. Hier soir, à sa grande surprise, il lui avait demandé sa main. Elle n'avait pu résister ; elle n'avait même pas pris le temps de réfléchir et lui avait dit oui. Peut-être était-ce un peu tôt ? Mais est-ce que cela ne se passe pas toujours ainsi, les coups de foudre ?

D'un bond, elle se leva, saisit le plateau et disparut. Un fond de musique classique, en sourdine, provenait alors de l'intérieur de la demeure, puis le son augmenta soudain considérablement. Elle réapparut sur la véranda à cloche-pied, finissant de lacer sa deuxième tennis. Elle prit à peine le temps d'enfiler un short blanc et s'élança aussitôt dans le parc, pour faire quelques étirements et un jogging à travers les allées.

L'horloge ancienne de la demeure sonna neuf heures. Alison décida de remonter pour prendre une douche fraîche. Sortant de la salle de bains, elle enfila un peignoir en soie noire, à même sa peau mouillée, puis pénétra dans une chambre éclairée seulement par le soleil qui entrait par la persienne restée entrouverte.

Des draps d'un lit à baldaquin émergeait le torse nu d'un homme d'une quarantaine d'années, athlétique, très brun, qui faisait semblant de dormir. Il avait un visage d'acteur hollywoodien ; il respirait la confiance en lui, les yeux fermés, le sourire aux lèvres, il ne bougeait pas.

— Il va falloir te réveiller, Frank… J'ai un avion à prendre, susurra Alison d'une voix douce.

La jeune femme avança lentement, à la manière d'une panthère, jusqu'au corps allongé. Elle s'enroula tout contre lui. Soudain, un bras, puis l'autre, sortirent des draps et l'enlacèrent. Frank se précipita sur elle et la pièce retentit d'éclats de rires.

Elle se dégagea délicatement, rejeta la tête en arrière en ébrouant sa longue chevelure brune et posa sa nuque sur sa poitrine. Il passa ses mains sensuellement sous son peignoir. Son regard était bleu et son sourire chavirant.

— Tu es si belle, Alison. Je t'adore ! Tu es la femme de ma vie, déclara Frank, enflammé.

Alison ne bougea pas et ferma les yeux. Elle savoura cet instant. Il y avait si longtemps qu'elle attendait qu'un homme prononce de telles paroles.

Puis elle répondit, tout bas, presque un murmure :

— Moi aussi, je t'aime…

Les mains de Frank défirent la ceinture, écartèrent les pans du peignoir, qui glissa le long des jambes bronzées d'Alison.

Frank continua de lui parler, d'une voix caressante :

— J'ai passé un week-end de rêve, ma puce, et je ne souhaite qu'une chose : c'est que cela puisse durer toujours…

Il l'embrassa sur tout le corps.

— Ce n'est pas raisonnable, Frank, nous allons être en retard. N'oublie pas que tu dois me conduire à l'aéroport, lui rappela Alison sur un ton de faux reproche.

Elle le repoussa tendrement, se leva d'un bond et courut jusqu'à la penderie, devant laquelle elle resta un bon moment, rêveuse, à choisir un ensemble pour la journée. Elle était rédactrice. Son métier lui laissait donc un choix assez vaste dans ses tenues. Elle en jouait d'ailleurs volontiers, et, selon son humeur, on pouvait l'apercevoir en tenue stricte un jour, ou beaucoup plus branchée le lendemain. Changer de look était d'ailleurs pour elle un passe-temps qui l'amusait, tant son entourage masculin en restait médusé. Elle finit par choisir un tailleur très chic et sexy à la fois et disparut dans la salle de bains, pour se faire un brushing.

Quand elle fit ses adieux à Frank à l'aéroport de Montpellier-Fréjorgues, elle appréhendait déjà ce qui l'attendait à Paris. Elle allait devoir démissionner de son poste chez *France-Télévisions* pour suivre Frank aux États-Unis. Et surtout, il fallait annoncer la nouvelle à Max. Elle savait d'avance qu'il désapprouverait son choix précipité. Mais pas encore à quel point…

Max était depuis toujours son meilleur ami, son confident, sa seconde famille, le double d'elle-même. Ils s'étaient rencontrés au collège ; il avait à peine quelques années de plus qu'elle. Cette rencontre avait changé sa vie. Ils avaient échangé leur premier baiser, pour l'un et pour l'autre, quelques mois après, sur un banc dans un jardin public, dans l'arôme des roses environnantes. Ils ne s'étaient depuis lors plus quittés. Il lui glissait des poèmes dans son cartable ; elle lui faisait des farces. Ses parents avaient pris Max en affection et il était le couvert de plus, en permanence, dans la maison familiale nîmoise. Max s'entendait très mal avec sa propre famille, notamment avec son père, un commissaire de police extrêmement strict, et avait trouvé refuge chez eux.

Et puis il y avait ce souvenir terrible, qui les unissait à jamais… Par une nuit d'orage, deux ans après leur rencontre, alors qu'Alison était déjà couchée, elle entendit quelqu'un sonner à la grille. Sa grand-mère, qui vivait avec eux, alla ouvrir et poussa un cri. Alison accourut à son tour. Max était là, ruisselant de larmes et de pluie, les yeux perdus, ses vêtements n'étaient qu'éponge. Il parvenait à peine à s'exprimer tellement il avait couru.

— Il y a eu un accident de voiture, Alison, sur l'autoroute en arrivant à Nîmes – le commissariat a prévenu mon père – ce sont tes parents !

Après le décès des parents d'Alison, la vie avait changé. Alison fut envoyée à Paris chez une tante qui l'éleva. Ils continuèrent à échanger de très belles lettres avec Max, mais plus de baisers. Alison n'en n'avait plus le cœur. Elle se referma au monde, et aussi à lui. Les lettres de Max au début parlaient encore d'amour, puis, comme elle ne répondait plus sur ce registre-là, il se contenta de l'amitié. Le fil ne fut cependant jamais rompu. Elle savait qu'elle pouvait toujours compter sur lui, même s'il se passait à présent de longues périodes sans qu'ils se voient.

Puis le temps passa. Max faisait des études brillantes à la faculté de droit de Montpellier. Alison s'essayait vaguement à celles de journaliste, à quoi s'ajoutait un peu de mannequinat pour arrondir les fins de mois. En réalité, elle passait le plus clair de son temps dans les nuits parisiennes, pour s'estourbir. Elle lui parlait à présent de ses amoureux de passage dans ses lettres, lui demandait même des conseils… Lui, ne l'avait jamais vraiment oublié. Il était resté secrètement amoureux d'elle, sans le lui avouer franchement. Il avait tout pris sur lui, tout en préférant rester proche d'elle. Bien sûr, il avait plusieurs fois failli couper les ponts, parce qu'il souffrait au fond, mais il ne pouvait supporter de ne plus avoir de nouvelles. Alison était tout ce qu'il avait de plus précieux. Depuis qu'elle avait perdu ses parents, il se sentait même investi du devoir de la protéger.

Alison avait ainsi additionné les conquêtes amoureuses jusqu'à sa trentième année, mais c'était une romantique ; elle avait une soif d'absolu, un besoin d'idéal tel qu'à chaque fois, ses histoires s'étiolaient. Elle était toujours déçue. Max le savait. En silence, il gardait espoir. Elle s'était presque fait une raison qu'elle ne trouverait plus l'homme de sa vie, que celui-ci n'était pas de ce monde.

Max décrocha finalement un poste de juriste chez *France-Télévisions*. Enfin, il arriva à Paris, se rapprochant d'Alison. Ils commencèrent à se revoir, en « amis ». Bien sûr, elle avait songé à rallumer l'étincelle de son amour d'enfance ; elle voyait bien comme il la regardait. Mais quelque force obscure l'en empêchait ; leur relation était comme trop sacrée. Ni elle ni lui n'osaient plus. Et puis ils s'étaient mis à travailler ensemble. Max avait gravi les échelons et de juriste, il avait finalement demandé à changer d'orientation et à être affecté aux enquêtes spéciales, à la Direction de l'information. Très apprécié pour ses capacités uniques à élucider des affaires complexes, il avait réussi à faire embaucher Alison il y a cinq ans, dans son équipe, alors qu'elle végétait dans des petits boulots. Ce travail avait transformé Alison. Elle avait toujours rêvé d'être dans les médias. Elle avait remarquablement réussi à ses côtés, avait été promue et leur tandem était aujourd'hui reconnu pour être d'une efficacité redoutable.

Alison s'apprêtait cependant à quitter son âme sœur.

II

Alison atterrit à Orly-Ouest et récupéra sa décapotable au parking de l'aéroport. Elle fonça sur l'autoroute directement pour Issy-les-Moulineaux, le siège de *France-Télévisions*, puis arriva sur les quais de Seine, qui comme bien souvent étaient totalement bloqués. La circulation dans la capitale était particulièrement dense en cette fin de matinée. Alison, au volant, était exaspérée. Elle n'avait même pas eu le temps de repasser chez elle. Il faisait de plus en plus chaud.

Elle attrapa son téléphone portable et composa un numéro, tout en faisant demi-tour, provoquant ainsi un concert de klaxons.

— *France-Télévisions*, Direction de l'information, bonjour, répondit une voix monocorde.

— Bonjour Agathe, c'est Alison. Voulez-vous me passer Max, je vous prie ! lança Alison, d'une voix qui dissimulait mal son énervement.

— Oui, oui, ne quittez pas. Il attendait justement votre appel. Je vous le passe tout de suite… balbutia la standardiste, perdant un peu ses moyens.

— Comment va la star de l'info ? clama Max d'une voix joyeuse, visiblement comblé de parler à Alison.

— Je n'en peux plus, c'est totalement incirculable, je n'ai pas le temps de passer au journal, je serai en bas dans cinq minutes, répondit Alison, visiblement soulagée d'entendre la voix de Max. Je t'invite à déjeuner dans un restau super-branché que j'ai découvert récemment. Comme ça, on pourra préparer la réunion de cet après-midi, en joignant l'utile à l'agréable.

— J'allais justement te le proposer. Je me doutais que tu n'aurais pas le temps de passer et je me suis fait faxer tous les documents. Bon, je descends et je t'attends. À tout de suite, ma belle !

Max n'eut pas le temps de finir sa phrase que la communication fut interrompue. Une voiture de police passait à côté d'Alison et elle dut jeter précipitamment son portable sur le siège passager, pour ne pas se faire voir au téléphone. Alison attrapa rapidement son tube de rouge à lèvres, et d'un geste savant dessina le contour de ses lèvres, mordit dans un mouchoir, jeta un dernier coup d'œil dans le rétroviseur. Elle avait fait ces gestes machinalement, mais se rendit compte soudain qu'elle continuait à vouloir involontairement plaire à Max. Était-ce bien normal alors qu'elle allait se marier ? Elle chassa cette pensée perturbante, braqua le volant pour s'engager dans la contre allée et arriva devant *France-Télévisions*.

Max s'engouffra dans la voiture. C'était un homme qui n'avait pas trente-cinq ans. Ce qui frappait le plus chez lui, c'étaient ses yeux, d'un bleu délavé, très francs, clairs comme le ciel du Midi. Son visage carré aux traits fins était encadré par des cheveux blonds et bouclés. Il était peut-être moins photogénique que Frank, mais il avait un charme fou. Un côté moins mûr aussi, plus adolescent, bien que grave ; il ressemblait un peu à ces têtes d'Apollon hédonistes qui ornent les temples grecs. Il portait un costume sobre gris clair. Tout son être rayonna dès qu'il aperçut Alison.

— J'ai eu Vincent, ils sont tous très excités par la nouvelle. Nous serons les premiers à révéler que des politiques de haut rang sont mêlés à une affaire de coke… Il m'a dit que tu es la rédactrice la plus douée du service ! Ma chérie, ton scoop va encore faire un malheur, lança Max, tout en la dévorant des yeux.

— Je l'espère tout autant que toi… répondit Alison, souriante.

Max et Alison étaient à présent attablés sur une terrasse du très couru restaurant *L'Isle*, en bord de Seine, à Issy-les-Moulineaux.

On entendait les oiseaux qui gazouillaient dans les grands arbres, le long du fleuve ; il faisait déjà chaud à Paris en cette période pré-estivale. Alison scruta la terrasse où se côtoyait une clientèle triée sur le volet : on y reconnaissait pêle-mêle des journalistes connus, des patrons d'agences de publicité en compagnie de leurs clients, ayant « tombé » la veste, et même quelques acteurs et stars grisonnantes de la scène musicale, affublés de santiags et d'anneaux à l'oreille.

Le regard bleu de Max, devant elle, était rieur et tendre. Il paraissait si heureux d'avoir retrouvé Alison.

Elle n'osait pas lui annoncer la nouvelle. Après avoir passé commande, Max sortit de sa serviette un dossier rouge et commença à lui commenter différents documents, en prévision de leur réunion de l'après-midi chez leur patron, Vincent, le rédacteur en chef.

La fin du déjeuner approchait. Max était animé, passionné par l'affaire ; ses yeux brillaient de mille feux. Elle ne l'avait jamais trouvé aussi beau. À chaque fois qu'elle avait voulu faire diversion de la conversation pour lui parler de son avenir, les mots s'étaient étranglés dans sa gorge ; elle n'en n'avait tout simplement pas eu la force.

Max commanda l'addition, finit par ranger son dossier et lui susurra soudain, malicieusement :

— Alison, cette affaire bouclée, pourquoi n'irais-tu pas te reposer quelques jours… Que dirais-tu d'un petit voyage sous les tropiques ? Je pourrais même t'accompagner, en souvenir du bon vieux temps !

Elle s'entendit répondre, machinalement, d'une voix blanche :

— Max, il faut que je te dise quelque chose d'important… Je ne savais comment te l'annoncer. J'ai décidé de prendre une retraite anticipée ou tout au moins… quelques années sabbatiques.

Max s'arrêta de parler, tel un oiseau frappé en plein vol, et regarda Alison fixement dans les yeux, comme s'il ne comprenait pas.

— … Qu'est-ce qui te prend ? Tu as le vent en poupe… reprit-il lentement, incrédule.

— J'ai trente ans, Max, et il est grand temps que je commence à penser à moi. De toute façon, je suis trop amoureuse de Frank pour le laisser partir seul à Los Angeles. Et puis j'ai envie de cocooner un peu, d'avoir des enfants… expliqua Alison, comme si elle répétait une leçon apprise par cœur, des mots pour se convaincre elle-même.

Le regard de Max était soudain devenu grave ; un voile indéfinissable y était passé, comme un ciel bleu qui s'assombrit, un orage soudain en pleine mer. Il ne souriait plus.

— Qu'est-ce que je vais devenir sans toi… ? lâcha-t-il d'une voix étranglée.

— Je te fais confiance et je ne me fais aucun souci pour toi ! Et puis, comprends que je ne peux absolument pas faire autrement.

— Mais…

— Il n'y a pas de mais, Max… interrompit-t-elle soudain, cherchant à rester ferme, tout en glissant le plus de douceur possible dans sa voix.

Max s'énerva cependant et haussa le ton, ce qui lui était inhabituel, surtout avec Alison :

— Ne crois-tu pas que tu t'es emballée trop vite pour cet Américain ? Tu l'as rencontré il y a à peine quelques mois… Je comprends qu'il t'ait séduite avec son sourire gingival, mais tu ne sais presque rien de lui. Et moi, sa comédie de la passion, je trouve ça louche !

Il se leva brusquement, sonné, et alla régler à la caisse. Alison le retrouva à la voiture. Ils rejoignirent en silence le parking de *France-Télévisions*.

Quelques heures plus tard, quand Max et Alison sortirent du bureau de Vincent, celui-ci les salua chaleureusement en les félicitant pour la qualité exceptionnelle du traitement de leur dossier.

— Le tandem a encore frappé ! lança-t-il, triomphal.

Ils esquissèrent de faux sourires, ne laissant rien transparaître de leur dispute, puis déambulèrent dans le couloir, tout en restant silencieux.

Alison se décida à rompre la glace, pour reprendre la conversation du restaurant (elle ne lui avait pas tout dit…) :

— Je ne comprends pas pourquoi tu prends les choses comme ça, Max. Je crois que tu es un peu jaloux de Frank, et je ne t'en veux pas : ça prouve que tu tiens à moi !

Elle rajouta, d'un air détaché, la phrase qu'elle préparait depuis longtemps :

— Au fait, je ne t'ai pas dit : Frank et moi avons arrêté la date du mariage. Le douze juillet sera le grand jour…

— Félicitations ! hurla cette fois Max, furieux.

Une secrétaire ouvrit la porte d'un bureau et mit la tête dehors, intriguée par l'éclat de voix, puis disparut comme une taupe dans son terrier.

— Dis donc, tu pourrais être un tout petit peu plus enthousiaste, non ? s'exclama Alison, tâchant de sourire de l'incident.

— Pardon… poursuivit Max, cette fois d'une voix blanche et abattue, cherchant à se maîtriser, commençant seulement à réaliser, mais je ne suis pas sûr que tu sois très heureuse là-bas, tu connais au moins quelqu'un sur place ?

— Mon futur mari, c'est déjà un début ! Et puis, comme tu le sais, mon père était américain, alors c'est comme un retour à mes origines…

— Ah ! je vois… Et quand pars-tu ?

— J'ai donné ma démission ce matin, Max. Vincent a été très compréhensif. Je lui ai demandé de ne pas te le dire car je voulais te l'annoncer moi-même. Je pars pour la Californie en fin de semaine.

— Tu es sûre que tu n'as pas d'autres nouvelles, pour aujourd'hui ? interrompit Max, soudain faussement goguenard, et intérieurement dévasté.

— Je ne voulais pas te l'annoncer comme ça, mais je n'ai pas pu au restaurant ; tu avais l'air tellement à vif. Tu auras toujours une immense place dans mon cœur, Max. On n'efface pas le passé. Je sais que je peux compter sur ton amitié. Tu devrais te réjouir de mon bonheur. J'ai enfin rencontré le Prince charmant que j'attends depuis si longtemps ! Je l'ai dans la peau…

— J'espère seulement que tu ne fais pas fausse route, Alison, répondit Max, d'un ton empreint d'une immense tristesse et d'une voix d'outre-tombe. Je t'aurais mise en garde, comme l'auraient fait tes parents, s'ils étaient encore là… En tout cas, tu sais que tu pourras toujours compter sur moi, si tu réalises que tu t'es trompée. Mais, tu m'excuseras, je suis pris le douze juillet !

Max à cet instant tourna les talons et disparut de la vue (de la vie..) d'Alison, à grandes enjambées. Il ouvrit une porte au hasard dans un couloir, entra dans un bureau, s'adossa derrière la porte, et de douleur, mordit son mouchoir à pleines dents.

Une larme coula sur la joue d'Alison. Son portable sonna.

Elle se racla la gorge, parvenant difficilement à cacher son émotion :
— Allô !…

Puis elle se reprit vite, reconnaissant l'interlocuteur :
— Frank ! J'attendais ton appel, tu sais. Je ne sais même pas quand tu viens me rejoindre à Paris. Tu seras là dimanche et tu m'embarques pour Los Angeles ? Une surprise… Frank, il faut que tu sois près de moi. Dépêche-toi, tu me manques ! Je t'aime.

Alison raccrocha et courut s'engouffrer dans les toilettes de l'étage, pour s'asperger le visage d'eau fraîche. En voyant ses yeux rougis dans la glace, elle ne sut plus si elle devait se réjouir de revoir prochainement son futur mari ou pleurer de quitter Frank, son très ancien et grand amour, sa jeunesse.

Max prit l'ascenseur qui le descendit jusqu'au vaste hall d'entrée de *France-Télévisions*. Il était ailleurs. Il oublia de passer son badge dans le tourniquet de sortie, qui lui bloqua le passage. Le vigile, qui le reconnut, en sourit et lui ouvrit. Max avait besoin d'air. Il se retrouva, presque titubant, sur le parvis de l'immeuble et descendit l'escalier comme un automate. Il voulait marcher un peu le long de la voie, respirer. Soudain, il traversa la rue, en dehors des clous, sans regarder, et ce fut l'accident.

Un bolide passa devant *France-Télévisions*, grillant un feu rouge. Avant même que les témoins aient pu pousser un cri, il faucha Max sur son passage, avec une rare violence. Le corps de celui-ci fut projeté en l'air comme une poupée de chiffons, avant de retomber brutalement, sanguinolent, sur le macadam.

III

L'appartement haussmannien d'Alison était un vaste duplex couleur sable mêlant l'ancien et le moderne : cheminée de marbre et moulures au plafond y côtoyaient une guitare, un écran plat, un bar américain et de nombreux objets design.

La chambre était jonchée de sacs, malles et affaires diverses : un « laptop », des magazines de mode, des dossiers et photos, éparpillés un peu partout. Alison, cette fois en jean, santiags, les cheveux tirés en arrière en natte, était obligée de se frayer un chemin dans ce dédale pour aller de la penderie au lit, sur lequel étaient posés plusieurs valises ouvertes et différents sacs. Elle y entassait pêle-mêle toutes ses robes, shorts, tee-shirts, pantalons, vestes, chaussures, et revoyait en même temps défiler les images de sa vie passée.

Au bout de trois heures de ce pénible exercice, elle boucla son dernier sac, s'assit sur le rebord de la fenêtre et contempla sa chambre avec une immense tristesse.

Max à l'hôpital, dans le coma… Quelle ironie du sort, alors qu'elle allait tout quitter !

Elle était dévastée par son accident, si brutal, si imprévisible et rongée par la culpabilité. La vie lui avait joué un bien mauvais tour. Elle ne dormait plus qu'avec des somnifères, son visage était ravagé par les larmes. Les médecins avaient affirmé que les jours de Max n'étaient pas en danger et que tous les réflexes vitaux étaient bons. Mais on ne savait pas quand il se réveillerait, ni s'il garderait des séquelles.

Alison avait bien pensé ajourner son départ, mais Frank avait pris des billets en « first class » non remboursables et, de toute façon, ce n'était pas sa présence à Paris qui changerait quoi que ce soit à l'état de Max. Elle avait passé toutes ces dernières journées à son chevet, lui serrant la main. Son état était stationnaire. Elle avait l'étrange impression qu'il était parti ailleurs, pour ne pas voir, pour fuir cette réalité qui lui déplaisait : Alison avec un autre, si loin de lui… C'était sa faute à elle, cet accident. Elle n'avait pas su le ménager, elle qui était sa seule vraie famille ; elle aurait dû lui annoncer cette nouvelle progressivement, elle l'avait tué ! Elle était si malheureuse…

Elle avait supplié les médecins de la tenir au courant, très régulièrement, lorsqu'elle serait outre-Atlantique, de toute amélioration. Ceux-ci avaient promis et l'avaient encouragée à partir, comme tout son entourage.

Ce dimanche était arrivé si vite, songea-t-elle. Frank allait arriver, elle allait tout quitter… et surtout Max à l'hôpital, lui qui avait toujours été prêt à donner sa vie pour elle et ne l'avait jamais trahie, jamais laissée tomber. Elle n'avait soudain plus envie de partir.

Elle entendait encore sa voix, ses derniers mots : « Moi, sa comédie de la passion soudaine, je trouve ça louche… » Et s'il avait raison ? Si elle se trompait avec Frank ?

Son regard s'arrêta sur un cadre posé sur la cheminée. Elle le prit scrupuleusement dans ses mains, l'embrassa avec passion, ouvrit son sac et le glissa à l'intérieur.

Sur la photo, on reconnaissait Alison adolescente. Elle était juchée sur un cheval, tenu par la bride par un homme et une femme plus âgés, sans doute ses parents ; derrière elle sur la selle, Max plus jeune, qui l'enlaçait et l'embrassait.

La sonnette retentit. Elle sauta du lit comme prise en faute et dévala quatre à quatre les marches de l'escalier tournant, un très beau modèle design en fer forgé, années dix-neuf cent trente, qui descendait de sa chambre au living, et se précipita pour ouvrir la porte d'entrée. Elle se jeta au cou de Frank, comme attrapant une bouée de sauvetage dans une mer déchaînée.

Elle se sentit immédiatement en sécurité dans ses bras puissants et chassa ses mauvaises pensées. Elle se persuadait en cet instant qu'il était l'homme de sa vie. Elle avait fait le bon choix, seul le destin était responsable de l'accident de Max. Elle n'y était pour rien. Celui-ci allait revenir à lui, il se remettrait. Ce cauchemar ne serait bientôt qu'un mauvais souvenir.

— Tu es prête, ma puce ? dit Frank, sur un ton enjoué, un sourire charmeur aux lèvres. Il était resplendissant dans son blouson en cuir « sport chic », les pieds nus dans des mocassins en daim de marque italienne.

— Je viens tout juste de terminer mes bagages, répondit Alison d'une voix blanche.

Elle n'avait pas parlé à Frank de l'accident de Max. Cet amour ancien était son jardin secret et elle n'avait pas envie de le raconter à son futur mari. Elle prenait sur elle et cherchait à être la plus gaie possible.

— Alors, allons-y ! lança Frank, sur un ton entraînant.

— Oui, partons… dit-elle d'une voix forçant l'enthousiasme, à peine audible, qui laissait cependant percevoir l'inquiétude.

IV

Trois mois s'étaient écoulés depuis le départ d'Alison. Elle habitait à présent une superbe villa à Bel Air, un quartier huppé juché sur les hauteurs, jouxtant Beverly Hills, à Los Angeles.

Allongée sur un transat de la terrasse, devant une piscine à débordement, bordée de hauts palmiers, avec une vue imprenable sur la cité des anges, Alison, en maillot de bain sous une grande chemise en coton transparente, la mine grave malgré le cadre enchanteur, relisait une lettre qu'elle venait d'écrire.

Celle-ci était adressée à un certain Hart, patron de la rédaction de *CBS News* à Los Angeles :

« Cher Mr. Hart,

Peut-être vous souviendrez-vous de moi ? Vous m'aviez contactée lorsque je travaillais au service Infos de France-Télévisions à Paris, en raison de ma double nationalité. Vous souhaitiez alors développer les échanges rédactionnels entre la France et les États-Unis. J'ai depuis quitté France-Télévisions pour épouser un Américain et je vis aujourd'hui à L.A. Le monde de l'information me manque et je souhaiterais pouvoir proposer mon expérience à CBS. Je vous joins donc mon CV... »

Elle leva ses grands yeux en amande, qui en faisaient chavirer plus d'un, et regarda autour d'elle. Une brise légère agitait des rideaux de soie, le long d'une vaste baie vitrée devant la piscine.

Elle repensa à ces derniers mois qui lui paraissaient déjà remonter à une éternité. Les images lui revenaient en flash-back comme dans un film dont elle ne serait que la spectatrice.

Son idylle avec Frank. Leurs galops à cheval sur les plages de Camargue, leurs ébats amoureux dans le lit à baldaquin de sa maison de Nîmes, leurs fous rires, les rideaux de la chambre qui volaient au vent...

Sa terrible conversation avec Max, son accident, dont elle se sentait de plus en plus responsable. Elle prenait régulièrement des nouvelles, mais Max était toujours dans un coma profond. Les médecins étaient à présent inquiets. Ils ne comprenaient pas son cas, qui devenait un sujet de « staff ». Aucune fonction vitale ne semblait altérée, le corps avait tous ses réflexes, mais le cerveau était ailleurs... Traumatisme crânien d'une rare violence, intervention apparemment réussie pour éviter l'hémorragie cérébrale. Max ne revenait cependant toujours pas à lui.

Elle revoyait le jour de son départ : l'avion qui quittait Paris, l'Atlantique qu'elle regarda depuis le hublot, comme une immense barrière qui la séparait de son passé et de Max, installée en « first class » avec Frank, qui riait avec une coupe de champagne aux lèvres, alors qu'elle avait un goût de larmes dans la bouche. L'énorme limousine avec chauffeur qui vint les chercher à l'aéroport international de Los Angeles. Son arrivée à la villa de rêves que Frank venait d'acquérir pour eux, sa surprise. Les différentes scènes d'aménagement dans une ambiance qu'elle s'efforçait de rendre gaie et enthousiaste. Les mots gentils de Frank. Il était alors un ange pour elle. Son amour, apparemment si sincère, avait même fini par la convaincre de son choix, et elle avait joué le jeu, tout en n'arrêtant pas de penser à Max sur son lit d'hôpital. Elle revoyait leurs escapades en avion privé le long des côtes californiennes, leurs dîners aux chandelles au soleil couchant devant la mer, les yeux dans les yeux, dans les grands restaurants de Newport Beach et, enfin, leur somptueux mariage où fut invitée toute la jet-set, le feu d'artifice, le lâcher de ballons au-dessus de la piscine, les stars de cinéma et de la chanson… se penchant au cou de Frank.

Que s'était-il passé ? À quel moment Frank avait-il changé ? Elle n'en n'avait pas de souvenir précis. Peut-être était-ce de sa faute à elle ? Il avait dû ressentir qu'elle s'en moquait, de tout ce luxe qu'il lui offrait, que tout cela la lassait en vérité et il l'avait sans doute mal vécu. Peut-être aussi aurait-elle dû lui parler de Max ? Il aurait compris pourquoi elle ne pouvait pas être aussi joyeuse que lui. Mais elle n'en fit rien.

Le conte de fées n'avait en effet pas résisté longtemps à leur mariage. Alors qu'elle prenait sur elle, s'efforçait d'être la parfaite épouse, docile et aux bons soins de son mari, Frank le charmeur, une fois marié, était soudain devenu assez irritable. Il n'avait plus les mêmes attentions pour elle, les mêmes sourires. Il ne cachait plus son agacement de la voir triste et passive, alors qu'il lui offrait tout.

Il disparaissait désormais de longs jours pour ses affaires, la laissant à la solitude et au désœuvrement dans cette cage dorée. Elle se réveillait le plus souvent seule dans son grand lit, passait ses journées à bouquiner ou à jouer à des jeux de réussite devant son ordinateur et ses soirées devant la télévision à grignoter devant des plateaux repas. Parfois, elle attrapait sa guitare et chantait devant la glace, faisant des mimiques de star ou de clown selon l'humeur, mais cela devenait de plus en plus rare. Sa joie s'éteignait. Elle faisait aussi des fugues en voiture et pouvait ainsi conduire pendant des heures, aimant à se perdre dans cette ville géante. Dans les moments les plus désespérés, elle fouillait dans son placard, ressortait la photo encadrée de Max et d'elle-même, adolescents, avec ses parents et elle éclatait en sanglots.

À qui confier à présent sa détresse ? Max était sa seule vraie famille… Mais Alison décida de faire face, seule. Ne lui avait-elle pas annoncé, d'ailleurs, quelques mois plus tôt, qu'elle était sûre d'elle ? Elle voulait se battre, s'en sortir par elle-même, ne pas renoncer. Et lui montrer, lorsqu'il sortirait du coma, l'image d'une femme comblée.

Quand Frank était là, il fallait toujours rencontrer ses innombrables relations. Elle n'avait plus d'intimité avec lui. Leurs journées se passaient au *Beach Club* sur la falaise de Pacific Palissades, face à la mer, à jouer au tennis avec d'autres couples ou à boire des verres au *Club House*. Frank discutait affaires avec les maris ; elle n'avait rien à dire à leurs femmes. Elle avait remarqué qu'il ne la regardait plus. Elle avait même renoncé à le suivre dans ses interminables parties de golf. Elle avait l'impression de le gêner, d'être devenue transparente pour lui. Elle faisait des efforts pourtant pour ne pas paraître triste, tant elle avait l'impression que cela exaspérait Frank.

Alison fut soudain tirée de sa rêverie par l'arrivée de Frank, l'air sombre, arborant crânement un costume sur mesure et une cravate à poix, qui vint la rejoindre pour prendre son petit déjeuner. Il avait sa tête des mauvais jours.

Elle sursauta au son de sa voix :
— Toujours perdue dans tes pensées, à ce que je vois… Tu ne respires pas la gaieté… C'est agréable ! lança-t-il en se servant un café, avant de s'immerger dans son journal.

L'ambiance était particulièrement tendue depuis une dispute de la veille. Mais Alison était décidée à avoir une vraie conversation avec lui aujourd'hui.

— Frank… se hasarda-t-elle.

— Oui ? répondit-t-il sans lever les yeux.

— Il faut que je te parle… lança Alison sur un ton déterminé qui cachait en réalité l'énorme effort qu'elle faisait sur elle-même.

— Je t'écoute… Qu'y a-t-il ? dit Frank en la regardant soudain, l'air visiblement agacé.

— J'en ai assez de rester là, à ne rien faire, j'ai besoin de bouger, de me changer les idées…

— À la bonne heure, pourquoi n'irais-tu pas au *Beach Club*, je pourrais peut-être t'y rejoindre pour déjeuner, répondit-t-il, reprenant son journal.

— Arrête, Frank, tu sais très bien ce que je veux dire ! Je veux reprendre mon travail, c'est trop dur pour moi de rester inactive… supplia-t-elle.

— Mais qu'est ce qu'il te faut donc ? Tu as carte blanche sur ma carte bleue, tu peux t'acheter tout ce qui te fait plaisir, faire du sport, du shopping ou te prélasser au *Beach*. Alors, arrête un peu, tu veux. On en a déjà suffisamment parlé, il n'est pas question que tu récidives dans ce métier de dingue, ni un autre d'ailleurs, s'emporta Frank.

— Mais puisque… essaya-t-elle une dernière fois, profondément dépitée.

— Quand on habite Bel Air, qu'on est l'épouse d'un grand promoteur, on sait tenir son rang. Que penseraient mes relations, si elles apprenaient que ma femme travaille ? Je passerais pour un goujat ! Est-ce que tu peux comprendre ça ?

— Tu ne penses qu'à toi, Frank, je me moque de tes relations et de tout ce luxe ! C'est ton amour que je veux. Comme tu as changé… Je croyais que tu te souciais de mon bonheur. Je ne reconnais plus l'homme que j'ai épousé. Aurais-tu peur que je réussisse mieux que toi ? se rebella Alison, que la colère intérieure rendait brusquement combative.

— Et moi j'avais rencontré une femme aimante, pleine de vie et jamais capricieuse ! Je ne veux même plus en parler, la discussion est close, conclut Frank péremptoire en se levant pour partir.

Alison ne chercha même pas à polémiquer : de toute façon, sa décision était prise, qu'il le veuille ou non.

Frank avala son café debout, précipitamment, embrassa Alison sur le front, avant de partir. Elle se laissa faire.

— Je te téléphonerai en fin de matinée… susurra-t-il en s'éloignant, d'un ton qui se voulait soudain plus conciliant, presque doucereux, comme au début de leur rencontre.

Alison ne lui répondit pas. Elle avait pris l'habitude de ses changements soudains d'humeur et de ton. Elle s'était progressivement rendu compte qu'elle ne connaissait pas l'homme qu'elle avait épousé. Il semblait avoir deux visages. Il pouvait être un ange ou son contraire… Mais elle mettait aussi cela sur sa propre attitude à elle. Sans doute ressentait-il, sans pouvoir la nommer, sa profonde blessure intérieure, liée à l'accident de Max. Peut-être avait-il raison au fond : elle n'était plus assez gaie et aimante ? Elle voyait les regards qu'il posait sur d'autres femmes. Il ne lui parlait plus de ce fameux bébé, dont il avait été question lors de ce week-end à Nîmes où tout s'était décidé. Elle ne voulait pas lui forcer la main. Et puis, peut-être n'était-elle plus aussi sûre d'elle ?

Une seule chose comptait à présent, élaborer son plan, afin de pouvoir travailler à nouveau, sans que Frank s'en aperçoive. Il fallait agir. Telle était sa nature. Déjà retrouver son indépendance. Elle verrait bien après. Peut-être grâce à l'action et avec le temps, elle redeviendrait celle qu'elle était, celle qui avait séduite Frank et l'amour renaîtrait.

V

Alison rentra dans la villa. L'intérieur était luxueux, ultramoderne. De grands tableaux d'art contemporain tapissaient les murs blancs où se reflétait la lumière. D'immenses baies vitrées, d'où l'on voyait toute la ville à ses pieds et la mer au loin, faisaient le tour du living à trois cent soixante degrés. Évidemment, elle trouvait cet endroit très beau, mais bizarrement elle ne s'y sentait pas chez elle.

Frank décidait de tout et avait confié l'aménagement à des décorateurs. Elle avait fait semblant d'acquiescer et arborait un faux sourire, mimant toutes ces américaines fortunées qu'elle côtoyait et qui s'extasiaient outrageusement d'un rien, mais ce luxe tapageur, ce n'était pas elle ; la France et son charme discret lui manquait…

Elle posa le plateau du petit déjeuner à côté d'un énorme bouquet de glaïeuls qui trônait sur une table basse, devant une cheminée en marbre.

Elle monta dans sa chambre. C'était une vaste pièce avec un lit *king size* couvert de vêtements et de magazines. Des rideaux en lin encadraient la fenêtre qui s'ouvrait sur l'entrée de la villa. Détail insolite, une grande et lourde glace ancienne, aux moulures dorées, rare objet qu'Alison avait pu sauver de son appartement parisien, était posée à même le sol. C'est là qu'elle se tenait, le plus souvent.

Alison se déshabilla et enfila un peignoir laissé sur le lit, quand soudain son téléphone portable retentit.

— Allo, Miss Parker ? dit une voix inconnue, sur un ton emphatique.

— C'est moi, répondit-elle, interdite.

— *CBS* à l'appareil, je vous passe Mr. Hart…

Alison, anxieuse, jeta un coup d'œil par la fenêtre. Elle aperçut Frank au volant de son bolide, qui quittait la villa en trombe. Elle porta la main sur son cœur qui s'était mis à s'emballer et, rassurée, se laissa tomber sur le lit en reprenant son portable.
— Alison Parker ?…

— Oui, excusez-moi… Bonjour, Mr. Hart, répondit Alison, visiblement émue.

— Pourquoi ne m'avez-vous pas rappelé ce matin ? Ce boulot ne vous enthousiasmerait-il plus ?

— Oh si… C'est que… Enfin, je…. balbutia Alison, décontenancée.

— Bon, vous m'éluciderez tout ça, tout à l'heure. Êtes-vous libre pour le déjeuner ?

— Oui, bien sûr !

— Que diriez-vous de douze heures trente, au *Beach Club* ?

— Oh non… Enfin, je veux dire, si… Mais c'est-à-dire… le *Beach Club*… c'est… s'emmêla Alison.

— Décidément, vous êtes une énigme, mais enfin, on le dit des Parisiennes en général… Votre parcours m'intéresse particulièrement. Voyons voir… Que diriez-vous du *Geoffrey's* à Malibu ?

— C'est parfait ! J'en ai entendu parler et je vois où c'est. J'y serai.

— Vous m'étonnez, pour une étrangère à peine arrivée, vous paraissez déjà connaître L.A. comme votre poche !

— C'est mon tempérament fouineur. Je me suis beaucoup baladée en voiture, et beaucoup perdue, depuis mon arrivée…

— C'est une qualité pour travailler aux « News »… À tout à l'heure !

— À tout à l'heure, Mr. Hart.

Alison se sentit brusquement survoltée à l'idée de ce rendez-vous. Elle ne pouvait plus tenir en place.

Elle courut s'habiller, revêtit une robe beige clair, délicatement décolletée, qui laissait entrevoir ses épaules dorées par le soleil. Elle se dévisagea avec contentement dans la glace, passa ses mains dans ses cheveux, telle une star de cinéma, attrapa son sac à main et se précipita au volant de son cabriolet. Elle s'était enfin remise à vibrer. Il lui semblait qu'après cet intermède hors du temps qu'elle avait vécu depuis son arrivée à Los Angeles, le vrai cours de sa vie allait peut-être pouvoir enfin reprendre !

Alison connaissait précisément la route pour se rendre au *Geoffrey's*. Mais aujourd'hui, elle se sentait soudain tellement nerveuse qu'elle préféra aller flâner sur le bord de mer, à Santa Monica, en attendant que les heures défilent jusqu'à son rendez-vous.

Elle arrêta sa voiture devant l'océan, alluma une cigarette et regarda, pensive, le panorama. L'immensité bleue s'étendait à perte de vue ; les crêtes successives des vagues blanchâtres et scintillantes au soleil en étaient la seule aspérité. Dieu que la nature était belle ! Elle reprenait goût à la vie.

Elle repensa, encore une fois, avec nostalgie, à Max. Aura-t-il fallu qu'ils soient séparés, peut-être à jamais, pour qu'elle se rende compte à quel point elle tenait à lui…

Soudain, comme une folie, elle sortit son portable et composa son numéro, laissa sonner, entendit le répondeur se mettre en route et coupa sans parler, le souffle coupé. La voix de Max, chaude, chaleureuse… brisée par un chauffard ! Les larmes lui montèrent aux yeux. Elle savait que c'était inutile. Max était dans la nuit désormais, et c'était sa faute. Un accident ou un suicide ?

Elle sortit alors un carnet et se mit à écrire d'une main fébrile :

« *Comme tu me manques, Max ! J'aurais tant besoin de toi, en ce moment. Comme tu avais raison... J'aurais dû t'écouter. Ton absence me fait comprendre la place que tu tiens dans mon cœur...* »

Elle s'arrêta, déchira la page et la froissa. Elle décida qu'elle lui écrirait plus tard une vraie lettre, qu'il pourrait lire, lorsqu'il se réveillerait. Car il reviendrait à la vie, elle en était sûre intérieurement. Elle avait confiance en Dieu. Le ciel ne pourrait rester indifférent.

Elle se mit à rêver. Elle revit cette scène de la photo qu'elle avait emportée de Paris et qu'elle gardait précieusement. Elle était à cheval avec Max derrière elle. Elle devait avoir seize ans à peine. Max était fou d'amour pour elle ; il était tellement devenu son amoureux attitré qu'il l'embrassait même devant ses parents, comme s'il était son futur mari. Elle entendait encore la voix de son père qui tenait la bride de l'animal :

— Ils sont inséparables, ces deux-là !

— Pour la vie ! déclara Max fièrement, en l'enlaçant.

Elle se rappelait l'éclat de rire heureux de son père. Il adorait Max comme un fils, et cette perspective d'union avec sa fille semblait le réjouir, le rassurer. Peut-être avait-il à cet instant la prémonition qu'il ne serait pas toujours là, lui, pour la protéger ?

Soudain, elle eut comme une vision. Il était là, à ses côtés, Max, souriant, dans un halo de lumière… Sa chevelure blonde irradiant de soleil et ses épaules carrées se détachant sur l'azur de l'océan. Il cherchait à la rassurer. Alison tenta de se blottir dans ses bras, mais il disparut.

Un gamin, sur ses rollers, la bouscula et la tira de ses hallucinations. Cela la fit sourire. Elle essuya des perles de sueur froide sur son front. Elle jeta un coup d'œil à sa montre, et s'aperçut qu'il était grand temps de se rendre à son rendez-vous. Malibu était à une demi-heure de route.

Elle rejoignit son cabriolet à grands pas et démarra. Elle ne vit pas un homme garé non loin de là, qui semblait l'observer. Il avait un look branché, le teint hâlé, les yeux cachés derrière d'épaisses lunettes noires, de longs cheveux bruns tirés en arrière par un catogan. Il cherchait à passer inaperçu, et devait être là depuis un bon moment.

Quand la voiture d'Alison passa devant la sienne, il brandit le zoom d'un appareil photo professionnel, et prit plusieurs clichés.

VI

Le *Geoffrey's* surplombait la mer. Le restaurant était construit en hauteur, avec une vue imprenable sur l'infini bleu marine ; il semblait avancer sur l'eau comme un navire phénicien. On entendait le bruit des vagues puissantes de l'océan qui venaient s'échouer sur les falaises de Malibu Beach ; l'ombre de quelques palmiers rajoutait à l'endroit une teinte exotique. La journée était magnifique, le soleil resplendissant sur l'azur.

Un voiturier ouvrit la porte de la voiture. Alison, avec beaucoup d'agilité, se saisit de son sac sur la banquette arrière, et sauta du véhicule. Elle destina un sourire de rêve à ce dernier, qui fit plisser une ravissante fossette au creux de ses lèvres. Cela sembla le laisser abasourdi.

La porte du *Geoffrey's* était entourée de deux majestueuses colonnes imitant celles de la Grèce antique, à l'image de la *Villa Getty* pas loin de là, surmontées de sculptures de condors, taillées à même la pierre. Un tapis rouge agrémentait le sol du hall d'entrée, où s'agitaient deux petites vieilles, à la poursuite de leur caniche nain.

Le maître d'hôtel vint accueillir Alison.

— Miss Parker ? dit-il, obséquieux.

Elle hocha subtilement la tête.

— Veuillez me suivre, je vous prie. Mr. Hart vous attend.

Arrivée sur la vaste terrasse du restaurant qui était entourée partout par la mer, le maître d'hôtel lui désigna un homme attablé sous un parasol, qui scrutait l'horizon. Soudain, elle eut un moment d'hésitation. Il était encore temps de reculer, de s'enfuir. Le maître d'hôtel, qui avait remarqué ce léger mouvement de recul, se tint devant elle et la regarda fixement. Elle se ressaisit tout de suite et poursuivit son chemin jusqu'à la table de Hart.

Celui-ci l'aperçut alors, se leva et se dirigea vers elle en lui tendant une main franche.

— On dit que les stars en France se font toujours attendre, mais que ça en vaut la peine… Et, effectivement, je ne suis pas déçu ! lança-t-il, malicieusement.

Alison lui réserva son magique sourire « en dessous », celui de la Joconde, en lui tendant la main.

— Vous allez me faire rougir… répondit-elle.

Le maître d'hôtel tira la chaise, afin qu'Alison puisse prendre place. Une fois assise, elle dévisagea Hart.

C'était un homme d'une quarantaine d'années, grand, élégant, les épaules carrées. Un large sourire à la Clark Gable laissait entrevoir des dents parfaitement blanches et alignées (c'était un must en Californie, de ressembler à une star de cinéma). Ses sourcils étaient épais, sa voix grave.

Alison, qui était contractée en arrivant, eut bizarrement une sensation de sérénité immédiate, comme si elle connaissait déjà cet homme, qu'elle voyait pourtant pour la première fois. L'avait-elle croisé dans une autre vie ? Sans savoir pourquoi, elle sentit instantanément qu'ils étaient sur la même vibration d'âme, que leurs destins se croisaient. Sa prestance lui plaisait, mais pas dans le registre de la séduction, plutôt dans celui de l'amitié spontanée, ce qui était rare dans une relation immédiate homme-femme ; son allure la rassurait. Il se dégageait de lui une extraordinaire assurance et une très grande loyauté.

Ils parlèrent de tout et de rien. Il lui dit à quel point il aimait son beau pays, où il avait séjourné pendant ses études. Il la fit rire souvent, cherchant parfois à parler français avec son accent hilarant de cow-boy. Le charme opérait, ils échangeaient intensément. Elle se sentait en sécurité pour la première fois aux États-Unis, auprès de cet homme. C'était comme s'il lui rappelait son père. C'était maintenant Alison qui parlait le plus. Volubile, elle lui racontait sa passion pour le métier de journaliste, tandis que Hart restait très attentif.

Elle sentit confusément qu'elle ne s'était pas trompée de porte ; elle était sûre à présent qu'ils s'entendraient parfaitement sur le plan professionnel, si elle avait la chance de travailler avec lui. Et peut-être même qu'à force de se côtoyer, ils finiraient par devenir d'inséparables amis. Enfin quelqu'un qui la comprenait outre-Atlantique, qui parlait le même langage qu'elle, qui s'intéressait aux mêmes choses, qui partageait les mêmes envies.

Deux tasses de café étaient maintenant posées devant Hart et Alison.

— Déjà quinze heures ! Vous devez être très occupé… Je n'ai pas vu le temps passer, dit Alison en regardant soudainement sa montre.

— Moi non plus… répondit Hart, visiblement sous le charme, puis reprenant, sur un ton plus business : Alors, on est d'accord ?

— Oui ! s'entendit-elle répondre, presque malgré elle, mais au fond radieuse.

— Super, votre contrat sera prêt demain ! Je vous l'envoie… ?

Alison l'interrompit brusquement.
— Non…
Puis se ressaisissant :
— Euh, excusez-moi, je voulais dire… Ce n'est pas la peine. Je passerai le chercher chez *CBS*, si cela ne vous ennuie pas. Cela me permettra de me familiariser avec le service des « News » d'une chaîne américaine !

— Mais c'est une très bonne idée… répondit Hart mi-amusé, mi-intrigué.

Alison et John Hart se levèrent et sortirent ensemble du restaurant. Lorsqu'ils se quittèrent, Alison était illuminée d'un sourire si radieux, qu'il faisait penser au soleil intense qui brillait sur la baie des anges ce jour-là.

— Merci encore mille fois pour ce déjeuner ! C'est un vrai plaisir de discuter avec quelqu'un d'aussi ouvert que vous, avec qui on peut parler aussi librement.

— Je suis sûr que l'on va s'entendre à merveille ! Mon assistante vous appelle demain, pour votre contrat. Mais, au fait, je me rends compte que je n'ai même pas le numéro de votre domicile !

— Euh… si vous pouviez continuer à utiliser mon portable… mon mari déteste être dérangé à la maison… dit Alison, brusquement embarrassée.

— On le comprend ! Quand on a une femme aussi ravissante… À bientôt, Alison ! lança Hart en riant, avant de s'engouffrer dans la limousine que son chauffeur venait de stopper devant le *Geoffrey's*.

Hart était très heureux de cette rencontre inespérée. Il trouvait la personnalité d'Alison fantastique. C'était exactement le profil qu'il cherchait depuis longtemps pour régénérer l'équipe des « News ». Elle était curieuse, ouverte sur le monde, cultivée, respirant le dynamisme et l'honnêteté, et puis… sacrément jolie, ce qui ne gâchait rien, une vraie Française, même s'il la sentait un peu fragile et mettait cela sur son trac de travailler aux États-Unis ; il pensait qu'ils allaient faire un fabuleux tandem.

Alison, quant à elle, rayonnait de joie. Hart venait de lui offrir son premier contrat sur le continent américain. Enfin, elle allait pouvoir renaître.

Elle décida de ne pas rentrer immédiatement à Bel Air, afin de faire une halte à *Lake Shrine*, un jardin sacré situé au début de Sunset Boulevard, où s'érigeait le temple d'un célèbre Sage hindou. Elle avait découvert cet endroit merveilleux par hasard, lors de l'une de ses balades éperdues en voiture, mais elle avait l'impression que le ciel l'y avait conduite. Elle n'était pratiquante d'aucune religion en particulier ; cependant, elle croyait en l'au-delà, confusément, instinctivement. C'était là qu'elle voulait remercier Dieu de lui donner à nouveau sa chance et aussi aller prier, pour que Max soit sauvé. Elle se promena longtemps le long du lac entouré de fleurs multicolores et de plantes venant du monde entier. Ici, tout n'était que sérénité et paix, bien loin de la civilisation de l'argent. Elle n'entendait que le ruissellement de l'eau et se laissait envahir avec délice par le silence du lieu. Il lui semblait que la beauté et la bonté divine pénétraient en elle. Elle communiait avec « Lui », l'Être d'amour. Soudain, elle aperçut deux cygnes qui avançaient doucement vers elle, sur l'eau. Elle songea à elle et Max.

VII

Quelques semaines plus tard, Frank ne semblait pas se douter du manège d'Alison. Elle avait parfaitement réussi à concilier ses deux vies. Celle d'une apparente épouse au foyer, et celle d'une brillante journaliste de *CBS News*. Pour qu'il ne s'inquiète pas de ses absences, elle lui avait raconté qu'elle aidait bénévolement une association humanitaire, il l'avait visiblement crue. De toute façon, il était lui-même de moins en moins présent… Alison avait laissé à regret le mensonge s'installer dans son couple. Elle détestait cela, mais Frank ne lui avait laissé aucun choix et il était lui-même souvent si mystérieux.

Les nouvelles de Max n'étaient pas bonnes. Son coma restait stationnaire, profond. C'était comme s'il ne voulait pas voir ce qui se passait, ne plus vivre cette vie. De vives discussions avaient même lieu entre médecins ; si les tests sur son état neurologique n'avaient pas été aussi positifs, malgré une poche de sang qui comprimait le cerveau et ne se résorbait pas, ne voyant pas l'issue de cet état végétatif, certains auraient même envisagé de le débrancher… Max ayant coupé tous liens avec sa famille, personne ne pouvait prendre une telle décision. Et puis c'était un journaliste connu, et même s'il occupait un lit à plein temps dans le service de réanimation, ce qui n'arrangeait personne, l'hôpital hésitait.

Alison, en peignoir, les cheveux mouillés enrubannés dans une serviette, se délassait dans sa salle de bain. Son visage était couvert d'une crème de soin blanche, qui lui donnait un air de « squaw ». Un plateau de petit déjeuner qu'elle n'avait pas touché traînait sur le lit.

Apercevant la voiture de Frank franchir le portail, elle se lava précipitamment le visage, descendit le plateau à la cuisine et remonta se changer.

Tel un agent secret en mission, elle ouvrit alors un placard dont elle avait seule la clé et en sortit un tailleur beige, des lunettes noires et une sacoche en cuir. Elle défit ses cheveux, les tira en arrière avec une brosse et les rassembla avec un élastique. Elle finit par faire quelques mimiques dans la glace en se passant du rouge à lèvres, prenant un air très « executive woman ». La transformation était terminée ; elle ne put s'empêcher de sourire d'elle-même, bien qu'elle souffrît au fond d'être contrainte et forcée de jouer ce double personnage.

Elle se changea rapidement, et composa le numéro de portable de Hart. Celui-ci était sur répondeur, elle lui envoya un SMS, mais qui resta sans réponse. Elle se résolut finalement à appeler sa ligne directe, filtrée par Miss Spaulding, sa zélée assistante, dont il était de notoriété publique qu'elle ne la portait pas dans son cœur.

— Allo… dit-elle, d'un ton pressé.

— *CBS News*, j'écoute, répondit une voix nasillarde.

— Bonjour, Miss Spaulding, je voudrais parler à John, s'il vous plaît.

— C'est de la part de qui ? répondit l'assistante, qui visiblement se moquait d'elle.

— Mais c'est moi, voyons, Alison, vous n'avez pas reconnu ma voix ? répliqua Alison, goguenarde.

— Mr. Hart est très occupé… continua le cerbère.
— Il attend mon appel, veuillez le prévenir que je suis en ligne, voulez-vous ! insista Alison, exaspérée.

— Il est en rendez-vous, c'est à quel sujet ?

— Écoutez, Miss Spaulding, vous me le passez, oui ou non ? s'emporta Alison.

— Ne quittez pas, j'ai une ligne qui sonne… se vengea l'assistante.

Alison patienta pendant cinq bonnes minutes, puis raccrocha, comprenant que Miss Spaulding le faisait exprès. Elle se dit qu'elle aurait plus vite fait d'y aller directement.

Elle dévala les escaliers avec ses talons aiguilles et se trouva soudain nez à nez avec… Frank. Elle ne put s'empêcher de pousser un cri.

— Eh bien, on dirait que ça te fait plaisir de me revoir ! lança ce dernier.

— Je ne m'y attendais pas… Tu m'as fait peur… Que fais-tu là ?

— J'ai fait demi-tour, j'ai oublié ma serviette. Mais toi, que fais-tu dans cette tenue ? Tu aurais un rendez-vous galant ?

— Ne sois pas stupide, Frank ! Nous devons voir un mécène important pour notre association, et je me suis un peu habillée, c'est tout, balbutia Alison.

— Eh bien il a de la chance celui-là, une vraie métamorphose ! J'ai bien cru que tu me cachais quelque chose…

Frank était pressé. Il ne s'attarda pas. Après avoir récupéré sa serviette dans la chambre, il remonta dans son bolide et disparut.

Alison était restée dans l'escalier, tétanisée. Frank se doutait-il de sa double vie ? Elle mit du temps à reprendre ses esprits, elle était maintenant très en retard. Elle dut foncer sur le « freeway ».

Lorsque Alison arriva devant *CBS*, à l'angle de Beverly Boulevard et de Fairfax, elle ne prit pas le temps de garer sa voiture et fit signe de la main au « valet parking ». Elle le supplia, de ce regard brun velouté dont elle avait le secret et qui faisait fondre les hommes, d'aller la garer pour elle.

Elle traversa le hall de *CBS* d'un pas rapide et appela l'ascenseur. Lorsque celui-ci arriva, un homme avec un catogan en sortit, le photographe qui l'épiait sur la route du *Geoffrey's*... Celui-ci la bouscula légèrement en la croisant. Elle n'y prêta guère attention, rentra dans l'ascenseur et appuya sur le bouton du dernier étage. Après une petite musique qui signifiait que l'étage était atteint, les portes de l'ascenseur s'ouvrirent. Alison se dirigea vers le bureau de Hart.

La secrétaire, petite rousse sèche à chignon et lunettes roses sur le nez, visage de poupon maquillé outrancièrement, en l'apercevant, se précipita aussitôt pour lui barrer le chemin.

— Vous n'avez pas rendez-vous… Mr. Hart n'est pas disponible, il ne… vocifera ce pitbull de femme, manifestement révoltée.

Elle n'eut pas le temps de finir sa phrase que John Hart sortit de son bureau, en compagnie de cinq collaborateurs. Il fit signe à Alison d'approcher.

— Miss Spaulding, apportez-nous du café, je vous prie, dit-il d'une voix autoritaire.

— Oui, monsieur, lui répondit-elle, sur un ton sec qui malgré la colère sous-jacente voulait rester poli en arborant un faux sourire.

Les yeux de Miss Spaulding se posèrent aussitôt sur Alison. Elle la foudroya du regard. Puis elle resta plantée là, au milieu du couloir, à les regarder tous les deux.

— Eh bien, Miss Spaulding, qu'attendez-vous ? demanda Hart, interloqué.

— Oh pardon, monsieur, j'y vais tout de suite, répondit-elle, l'air piteux, comme prise en défaut.

Miss Spaulding regagna son bureau. Elle se laissa tomber sur sa chaise. Elle était furieuse de ce nouvel affront. Elle pianota violemment, comme si c'était un punching-ball, sur son clavier d'ordinateur et ouvrit l'agenda de John Hart.

Elle y lut : « déjeuner avec Alison ». C'en était trop ! Elle tapa soudain du poing sur son bureau avec rage et se jura qu'elle n'allait pas se laisser faire.

Elle mourait de jalousie. Elle avait été engagée chez *CBS* il y a dix ans, comme standardiste. Elle était passée par tous les postes de secrétariat. Il y a deux ans, elle avait eu enfin la promotion qu'elle attendait. Elle était devenue l'assistante de John Hart, le rédacteur en chef. Dès le premier jour, elle en était tombée amoureuse. Mais, malgré ses minauderies et ses yeux doux, il ne la remarquait pas. Elle avait alors passé des heures chez le coiffeur et les esthéticiennes, cassé sa tirelire dans les boutiques, et avait changé de look plusieurs fois, mais sans succès. John restait toujours très courtois avec elle, mais trop à son goût… Elle avait fini par en prendre son parti ; d'ailleurs, de temps en temps, il l'invitait à déjeuner au self de *CBS*, et cela suffisait à la combler de joie.

Puis vint l'arrivée d'Alison, qu'elle accueillit sans un sourire. C'était une très belle et brillante jeune femme. Dès le début, elle la détesta. Il était évident que John l'appréciait beaucoup et, comble de tout, depuis qu'elle faisait partie de l'équipe, John ne pensait même plus à l'inviter à déjeuner. Elle voyait bien que la complicité entre John et Alison grandissait jour après jour. À plusieurs reprises, elle nota sur son planning qu'il avait organisé un déjeuner en tête à tête avec elle. Miss Spaulding jeta alors de rage ses rouges à lèvres voyants et autres tenues sexy. Elle nourrissait à présent une haine farouche envers Alison, et ne manquait jamais une occasion de faire une remarque désagréable à son sujet.

Hart, dans son bureau, regardait fixement Alison. Il avait fermé la porte.

— Dis-moi, John, ce n'est pas une secrétaire que tu as, mais un chien de garde ! s'amusa Alison.

— Je crois qu'elle prend son travail parfois trop à cœur, et qu'effectivement, elle ne t'apprécie pas à ta juste valeur… Elle a tort, d'ailleurs… répondit John, en souriant.

— Tu voulais me voir ?

— Oui, Mike prend sa retraite, ce sera officiel dans cinq minutes.

— Oui, je sais !

— Attends, ce n'est pas tout. J'ai longuement réfléchi, toutes ces dernières semaines. Il me faut un remplaçant qui connaisse parfaitement son job, qui n'ait pas peur que les autres journalistes lui mettent des bâtons dans les roues et sur qui je puisse entièrement compter.

— Et alors ?

— Eh bien il n'y a que toi sur qui je puisse m'appuyer véritablement, et qui sois à la hauteur.

— Moi… Mais que va dire Marc ?… Il va être fou furieux… c'est lui son nouvel adjoint et, depuis dix jours, la rumeur court qu'il va remplacer Mike !

— Tu le dis toi-même, c'est un bruit de couloir et une aberration de première, Marc n'est qu'un arriviste, il n'a pas assez de métier ni de morale, je n'ai aucune confiance en lui.

— Je suis d'accord avec toi, mais pourquoi ne pas avoir choisi Paul alors ? Ça fait plus de quinze ans qu'il travaille aussi avec Mike, je suis sûre…

— Tu plaisantes, ne sois pas si naïve. Celui-là, c'est un bon journaliste, mais en aucun cas il ne serait capable de diriger une équipe.

— Alors qui ?

— Je viens de te le dire… Toi !

Alison en resta sans voix. Elle ne parvenait toujours pas à le croire.

— De toute façon, c'est trop tard pour refuser. Allez, viens, je dois faire mon speech, et tout le monde est là. Ça fait une demi-heure qu'ils attendent… Ça va aller ?

Alison s'appuya sur la table en verre du bureau de Hart, pour ne pas chanceler. Elle avait parfois du mal à contenir ses émotions.

— Oui, je crois, je ne sais pas comment te remercier… répondit-elle, évasive.

— C'est plutôt à moi de te remercier d'accepter… Tu es d'accord, n'est-ce pas ?

— Évidemment…

Alison avait retrouvé un sourire radieux. John Hart l'entraîna dans le couloir.

Alison et John Hart entrèrent dans la salle de conférence. Hart monta sur l'estrade, tandis qu'Alison se glissait discrètement sur une chaise, au fond de la salle. Le discours de Hart commença.

Au bout de trois quarts d'heure pendant lesquels il fit un éloge appuyé de la jeune Française, tout était dit. Alison était la nouvelle rédactrice en chef adjointe du journal. La porte s'ouvrit et un brouhaha s'échappa de la pièce. Les journalistes sortirent par petits groupes. Les réactions étaient diverses. Certains semblaient interloqués, d'autres furieux, d'autres encore, indifférents, repartaient déjà vers leurs occupations. Seul un petit noyau de cinq ou six personnes vint féliciter Alison.

Miss Spaulding était évidemment allée écouter à la porte, mais, n'ayant d'abord saisi que des bribes de voix, elle n'était pas alors sûre d'avoir bien compris, tant la nouvelle lui paraissait impensable. Quand elle eut la confirmation de la nomination d'Alison (qu'elle perçut clairement au travers de la conversation animée entre les protagonistes précédemment cités, Marc, Paul et quelques autres), elle en resta figée sur place. Elle fut soudain confrontée à une vision qu'elle ne put supporter : par la porte entrouverte, au fond sur l'estrade, elle aperçut John Hart et Alison, comme un couple lumineux, au milieu d'un groupe qui congratulait son ennemie jurée.

Il avait osé lui faire ça, à elle. Comment avait-il pu ?… Folle de jalousie, elle attrapa son sac et sa veste sur le portemanteau, saisit un post-it et un crayon sur son bureau. Elle était tellement hors d'elle qu'elle appuya si fort, en écrivant, que la mine se cassa. Elle fouilla donc nerveusement dans son sac, en sortit un feutre et griffonna quelques mots, d'une grosse écriture bavant l'encre exaspérée :

« Miss Spaulding à Mr. Hart
Problème familial, serai absente cet après-midi. »

Quelle ironie, elle qui n'avait justement pas de famille… !

Après son déjeuner avec John Hart pour célébrer sa promotion, Alison regagna le parking de *CBS*. Elle était un peu sur un nuage, avait le sourire aux lèvres, encore entièrement étourdie par la joie que lui procurait sa nomination.

Une seule chose la tracassait intérieurement. Elle pensait à Frank, il allait à nouveau falloir lui mentir, pour que celui-ci ne se doute pas de ses activités « secrètes ». Avec cette incroyable promotion, elle aurait besoin de s'absenter de plus en plus souvent de chez elle. Peut-être valait-il mieux finalement tout lui révéler maintenant, avant qu'il ne soit trop tard et qu'il l'apprenne autrement ? S'il l'aimait vraiment, il devrait comprendre.

Encore absorbée par ses pensées, Alison réalisa à peine qu'elle était arrivée au troisième sous-sol du parking. Elle eut juste le temps de se faufiler entre les portes, avant que l'ascenseur ne se refermât derrière elle.

Elle marcha tranquillement jusqu'à sa voiture et chercha les clés au fond de son sac, mais ne put mettre la main dessus.

Lorsqu'elle approcha de la voiture avec l'intention de vider son sac sur le capot, elle s'aperçut avec surprise que la portière du conducteur était mal fermée, et que les clés étaient par terre, juste à côté de la roue avant gauche.

En se baissant pour les ramasser, elle reconnut soudain un bout de son écharpe, qui dépassait de la portière. Interloquée, elle se redressa brusquement et l'ouvrit.

Elle ne put s'empêcher alors de pousser un cri strident…

Là, allongée sur les sièges avant, Miss Spaulding, les yeux grands ouverts d'effroi, gisait morte, l'écharpe d'Alison serrée autour de son cou.

En entendant ses cris, le « valet parking » se précipita vers la voiture d'Alison et découvrit avec horreur le cadavre de Miss Spaulding.

« Mon Max adoré, mon doux Ange,

Peut-être ne liras-tu jamais cette lettre, enfermé que tu es aujourd'hui dans une nuit dont nul ne sait si tu te libéreras. Et si tu en sors, je ne sais même pas si j'oserai te la faire lire un jour…

Oh combien tu avais raison ! Comme je me suis égarée ! Comme j'ai été imprudente de rompre toutes mes amarres, de brûler tous mes bateaux, pour suivre un inconnu, dont le côté obscur m'était caché par le rêve d'amour que je poursuivais, une lumière aveuglante que je m'étais en fait moi-même créée ? Ce Prince charmant que j'avais vu en rêve, dans une boule de cristal, j'ai cru que je l'avais rencontré, car il avait le même sourire et les mêmes mots, mais je vois à présent que ce n'est qu'un comédien, un amoureux factice, un habile manipulateur qui n'aime que lui, et a su seulement être le miroir de ma propre illusion.

Il est flatté d'avoir une belle Française à ses côtés, mais il ne m'aime plus ; sans doute ne m'a-t-il jamais vraiment aimé, ses mots étaient trompeurs, ses gestes aussi, et je me suis pourtant donnée tout entière à lui. J'essaie aujourd'hui de me raccrocher à mon travail, lui qui ne m'a jamais déçu, et m'efforce de vivre au jour le jour, sans trop penser au lendemain.

Mais dans tout ce fiasco de vie dont je suis la seule responsable et que j'entends assumer jusqu'au bout, une révélation cependant m'attendait, et c'est de celle-ci que je voudrais te faire part dans cette lettre.

Il y avait sur cette terre un seul être qui a toujours été là, ne m'a jamais menti et m'a toujours aimé depuis l'enfance, d'un amour fou, désintéressé, authentique et sincère, au mépris de sa propre vie, une moitié de moi, c'est TOI.

Je me rends enfin compte que je ne puis plus vivre sans toi sur cette terre. Il aura fallu que je sois séparée physiquement de toi, peut-être à jamais, pour réaliser à quel point tu me manques, à quel point tu es l'homme de ma vie, à quel point JE T'AIME.

Je sais qu'il est bien tard pour te faire une telle déclaration, toi maintenant sur un lit d'hôpital par ma faute, dont l'existence a été détruite par mon manque d'amour, moi si loin, vivant une vie qui n'est pas la mienne et attendant en vain qu'elle se passe. Peut-être est-ce dans l'au-delà que nous nous retrouverons ? Peut-être pourras-tu pardonner à mon âme ?

Pourquoi fallait-il que j'aille chercher celui que je croyais être à tort mon Prince charmant dans des contrées ténébreuses et lointaines, obscures, alors que Dieu avait eu la miséricorde de le placer devant moi, dans mon quotidien depuis l'enfance, et la malheureuse que je suis ne le voyait pas...

Seigneur, je vous en supplie à genoux, sortez mon bel amour de son coma, c'est à son âme que je veux être unie, laissez-nous vivre sur terre cet amour, même si je ne l'ai pas mérité. Faites-le pour lui qui le mérite, pour mes parents qui en rêvaient, et ayez pitié d'une petite fille qui a cru aux illusions des apparences, mais qui pourrait devenir une femme à présent.

Par pitié, rendez-moi mon Max adoré !

Reviens mon Ange, réintègre ton corps, viens me sauver...

Alison, à toi, à jamais. »

Alison signa la lettre, la plia en deux, la déposa dans une enveloppe sur laquelle elle écrivit : « à n'ouvrir que par Max, s'il revient à la vie et s'il m'arrive malheur ».

Elle défit le cadre de la photo d'elle et de Max enlacés, alors qu'ils n'étaient encore qu'adolescents, qu'elle avait caché dans un placard, et y glissa derrière l'enveloppe.

2e PARTIE

L'illusion des apparences

« Qui fait l'Ange, fait la Bête. »
Blaise Pascal

VIII

L'inspecteur Peter Granger devait avoir la cinquantaine passée. C'était un homme carré, à forte personnalité, dont l'apparence semblait un peu bourrue, mais qui était au fond un être sensible, très droit et intuitif. Tout son entourage le considérait comme un « super-flic ».

Son histoire personnelle était plus complexe qu'il n'y paraissait. Seuls quelques anciens collègues la connaissaient vraiment. Il y avait une tragédie dans sa vie : sa fille de vingt ans, sous l'effet de drogues, s'était suicidée. Il s'en était très difficilement remis, avait commencé à boire, avait divorcé et avait même dû alors interrompre sa carrière pendant trois ans. Après une cure chez les alcooliques anonymes, il fut exceptionnellement réintégré dans la police sur la foi de ses exceptionnels états de service, ce qui était très rare en Californie. Il s'accrochait depuis à son métier comme à une bouée de sauvetage ; il avait une passion inébranlable pour la justice.

Granger était assis en face de John Hart, dans son bureau. Les deux hommes se dévisageaient. L'un massif, mal rasé, affalé dans un fauteuil trop mou, un peu désabusé par la routine d'une affaire de meurtre qui commençait, l'autre, droit derrière la table de son bureau, tiré à quatre épingles, élégant dans un costume bleu foncé, les traits cependant tirés.

— Revenons-en au fait, Mr. Hart, vous dites être allé déjeuner avec Alison Parker, et l'avoir quittée à quatorze heures trente précises, c'est bien cela ? demanda Granger.

— Écoutez, inspecteur, je vous répète qu'Alison n'est pour rien dans ce drame ; elle est arrivée dans nos studios aux alentours de dix heures et est restée avec moi jusqu'à la fin du repas. Ensuite, elle m'a raccompagné à mon bureau pour récupérer un dossier, puis a regagné le parking, pour y faire cette macabre découverte, répondit Hart, visiblement très éprouvé par le meurtre de son assistante et aussi agacé par les accusations à peine voilées de l'inspecteur contre Alison.

— Nous verrons bien ! coupa Granger.

L'inspecteur adjoint, un certain Ronald, accourut alors, un portable à la main, hors d'haleine.

C'était l'opposé de son patron. Longiligne et très propre sur lui, il adorait jouer aux petits chefs. Il avait déjà acquis au sein de son service une solide réputation de cireur de pompes, mais aussi d'incompétent. En réalité, il était juste un peu crédule et cherchait à appliquer sans trop de discernement les méthodes qu'on lui avait apprises à l'école de police.

— Inspecteur, inspecteur !

— Oui, qu'y a-t-il ?

— C'est pour vous, inspecteur, le médecin légiste !

— Très bien, passez-le-moi.

Tous retinrent leur souffle.

— Inspecteur Granger, j'écoute !

— Bonjour Peter, ça y est, j'ai les premiers résultats des analyses. Ta cliente est morte à quatorze heures quarante par strangulation, l'arme du crime est bien l'écharpe. Je n'aurai la suite des analyses que demain matin, car le labo est surchargé de demandes.
— OK, merci pour tout, vieux, et appelle-moi quand tu auras du nouveau.

Peter Granger s'adressa à Hart :
— Ce sera tout pour aujourd'hui, Mr. Hart, je dois filer au commissariat.

L'inspecteur quitta le bureau de Hart, suivi par Ronald, et se dirigea vers l'ascenseur.

— Vous l'avez retrouvée ? demanda-t-il à son adjoint, qui avait eu à peine le temps de reprendre son souffle.

— Oui, inspecteur, elle est en bas, elle vous attend.

L'inspecteur Granger arriva dans le hall de *CBS* et, au moment ou la porte de l'ascenseur se referma derrière lui, il aperçut Alison, livide, qui l'attendait en compagnie de trois de ses agents.

Il fut immédiatement troublé par son exceptionnelle beauté. Tout en se dirigeant vers elle, il glissa à Ronald, tout bas :

— Joli brin de femme, n'est-ce pas ? On ne l'imagine pas en *serial killer*…

— Justement, je ne m'y fierais pas ! répondit celui-ci, comme une évidence.

Au cours de sa carrière, Granger avait développé un sens de la morphopsychologie, un « septième sens » comme il disait, auquel il avait la faiblesse de croire. Jaugeant en un clin d'œil Alison, toute son agressivité intérieure s'était instinctivement estompée pour laisser place à un curieux sentiment. Se pourrait-il qu'une femme dégageant une aura aussi positive puisse commettre un crime en plein jour, avec un tel sang-froid ? Aurait-elle eu assez de force pour immobiliser et serrer la gorge de sa victime ? Elle avait l'air sportive, mais, généralement, les femmes ne préféraient-elles pas se servir d'une arme à feu ?…

Il préféra ne pas continuer à faire des suppositions gratuites plus longtemps, avant de l'interroger. Elle était le premier témoin oculaire à avoir découvert le corps, mais aussi, son adjoint avait raison, le premier suspect.

— Alison Parker ! Je suis l'inspecteur Peter Granger ! On a eu du mal à vous mettre la main dessus…

— Oui, pardon… J'ai eu un mauvais moment… Je suis maintenant à votre disposition, inspecteur !

— Veuillez me suivre au commissariat, madame.

— Vous pouvez m'appeler Miss Parker, inspecteur, comme tout le monde ici. Je suis mariée, mais j'ai gardé mon nom de jeune fille sur un plan professionnel.

— Comme vous voudrez…

Ils s'engouffrèrent à l'arrière de la voiture de police et Granger commença aussitôt à la questionner, de façon incisive :

— Miss Parker, connaissiez-vous la victime ?

Alison était encore sous l'emprise du choc et elle ne parvenait pas à maîtriser ses mains, qui s'étaient mises à trembler devant elle.

Elle répondit d'une voix atone :
— Oui, c'est Miss Spaulding, l'assistante de John Hart.

— C'était, car maintenant… Dieu ait son âme… Depuis combien de temps la connaissiez-vous ?

— Depuis mon arrivée aux « News », il y a un peu plus de huit mois, maintenant.

— Quand avez-vous vu Miss Spaulding pour la dernière fois ?

— Ce matin, ou plutôt non, il me semble l'avoir aperçue, ce midi, juste à la fin de la réunion ; puis je suis allée déjeuner avec John. Je suis remontée avec lui pour chercher un dossier et me suis arrêtée au rez-de-chaussée, je crois, pour prendre une bouteille d'eau minérale au distributeur. Je suis allée récupérer ma voiture immédiatement après.

— Vous avez déclaré à l'un de mes agents avoir perdu les clés de votre voiture. Est-ce exact ?

— Oui. C'est en fouillant dans mon sac que je me suis aperçue qu'elles n'y étaient plus, et je les ai retrouvées par terre, à côté de ma voiture.

— Vous avez vous-même fermé votre véhicule en arrivant ?

— Non, j'étais pressée, j'ai garé ma voiture devant l'entrée, et j'ai laissé les clés au « valet parking » qui est venu me les rendre peu après, comme je le lui avais demandé, juste avant que je ne rentre en réunion.

— Qu'en avez-vous fait ?

— Je les ai rangées aussitôt dans mon sac.
— Miss Parker, serait-il possible que quelqu'un ait pu les dérober ?

— Je ne sais pas, oui, sûrement, puisqu'elles n'y étaient plus !

— Réfléchissez, quand cela aurait-il pu se produire ?

— Lorsque je suis arrivée en réunion, je me suis installée au fond de la pièce. Mr. Hart m'a appelée à la fin de son discours, pour que je vienne le rejoindre sur l'estrade. À ce moment-là, mon sac était resté sur la chaise ; n'importe qui aurait pu l'ouvrir pour prendre les clés.

— Après cette réunion, vous avez récupéré ce dernier, c'est bien cela ?

— Oui, en effet.

— Vous est-il à un autre moment arrivé de le laisser hors de votre vue ?

— Non, je ne crois pas. Comme je vous l'ai dit, je suis allée déjeuner avec John, puis, en repartant, je l'avais constamment sur l'épaule, en bandoulière, contre moi.

— Lors de votre déjeuner, vous êtes-vous levée en laissant votre sac ?

— Oui, en effet, je suis allée me laver les mains et l'ai laissé juste à côté de ma chaise. Mais John était là, et personne n'aurait pu fouiller dedans.

— Personne, sauf lui ?

— Oh non. Que voulez-vous insinuer, inspecteur ? John serait incapable d'une chose pareille !

— Quelles relations entretenez-vous avec Mr. Hart ?

Alison, qui avait saisi l'allusion déplacée, s'empressa de répondre le plus froidement possible. À présent, ses mains ne tremblaient plus, la colère et l'indignation prenaient le dessus. Elle voyait bien que Granger la soupçonnait du meurtre, et il est vrai que toutes les apparences étaient contre elle. Le meurtre s'était passé dans sa voiture, avec sa propre écharpe, et chacun pourrait témoigner de l'inimitié qui existait entre elle et Miss Spaulding.

— Professionnelles, inspecteur, uniquement professionnelles !

— Une dernière question, Miss Parker, comment qualifieriez vous les relations entre Mr. Hart et Miss Spaulding ?

— Mr. Hart ne m'a toujours fait que des compliments sur cette dernière. Elle était très professionnelle et même très dévouée.

— Dévouée comment ?

Les questions à double sens de Granger commençaient à exaspérer sérieusement Alison, mais elle décida de prendre sur elle, afin de continuer à lui répondre aimablement.

— Très dévouée, mais n'allez pas y voir de sous-entendus. Elle était peut-être amoureuse de John, mais si amour il y avait, il était purement platonique.

— Je vous remercie, Miss Parker. Nous sommes arrivés au commissariat, mais je vais vous relâcher, je n'ai pas d'autres questions pour l'instant. Ne quittez pas le territoire, je reprendrai contact avec vous.

Alison descendit de la voiture de police, incrédule, et héla un taxi. Le trafic était dense sur Sunset Boulevard. Chacun vaquait à ses affaires quotidiennes, comme si de rien n'était. Elle était étonnée d'avoir été soudain libérée par Granger, sans même passer par le commissariat. Elle était certes soulagée de ne plus avoir à répondre aux questions insidieuses de l'inspecteur, mais était en même temps encore ébranlée par le meurtre de Miss Spaulding. Elle était aussi déjà inquiète de la réaction de Frank, qui allait certainement entendre parler de l'affaire…

Ronald, dans la voiture, restait silencieux, mais, intérieurement, il fulminait. Il regardait son chef avec désapprobation, abasourdi qu'il ait laissé filer leur seul suspect.

IX

Alison et Frank étaient en train de dîner sur la terrasse de leur villa de Bel Air. La piscine était éclairée, seule l'ombre bleu foncé des palmiers s'y reflétait. La ville magique s'étendait à leurs pieds, scintillant de mille feux, autant d'étoiles que celles des stars de cinéma gravées sur le sol du *Chinese Theatre*. À l'horizon, un magnifique coucher de soleil rougeoyant se profilait sur la mer sombre.

Alison avait voulu créer une ambiance tamisée, table avec bougie, bouquet de fleurs, pour cette soirée particulière. Elle apporta le dessert, une glace au café nappée de chocolat fondu. Il faisait encore chaud, malgré l'heure tardive.

— Je t'ai préparé ton dessert préféré… dit-elle doucement, en déposant la coupe devant Frank, qui se jeta aussitôt dessus.

Elle enchaîna de façon anodine :

— Tu te souviens, Frank, ce rôle de bénévole pour une association, dont je t'ai parlé… eh bien ils viennent de me confier un gros projet ! Ne t'étonne pas si je rentre un peu plus tard, le soir…

Frank ne réagit pas et s'exclama, sans lever le nez de sa glace :

— Tu as vu les actualités, il n'y en a que pour cette histoire de meurtre chez *CBS* !

Alison devint soudain nerveuse. Le soir du meurtre, elle avait passé sa soirée à guetter les nouvelles, sur toutes les chaînes, pour voir si quelqu'un traiterait le sujet. Mais, à son grand soulagement, aucune chaîne ne semblait avoir été avertie ou n'avoir voulu en parler. Elle n'avait ensuite plus fait attention, voulant croire que cette affaire n'intéresserait pas les éditorialistes, mais elle s'était visiblement trop vite réjouie… Ce soir, Frank était au courant par le journal télévisé !

Feignant la surprise, elle fit des efforts surhumains pour ne pas trembler et demanda le plus innocemment possible :

— De quoi s'agit-il au juste ?

— Une femme s'est fait étrangler en plein jour, dans le parking de *CBS* !

— Ah bon ? Et alors ?

— Il paraît que c'était l'assistante du patron ! Tu paries que c'est lui qui l'a buté !

Elle ne put s'empêcher de réagir vivement :

— Mais non, s'écria-t-elle, c'est impossible !

Frank se redressa, visiblement étonné du ton d'Alison, et continua, ironique :

— Et comment pourrais-tu bien le savoir, toi ? Tu y étais ?

Alison se mordit les lèvres. Elle venait d'être bien imprudente et avait failli se trahir.

— Non, bien sûr, déclara-t-elle, reprenant son sang-froid. Mais je pense que ce monsieur n'irait pas tuer froidement quelqu'un, son assistante de surcroît.

— Tu veux que je te dise ; ce milieu est pourri. Je te parie que le boss sortait avec son assistante en cachette, qu'il en a eu marre, qu'elle a voulu le faire chanter en dévoilant leur liaison ; le mec s'est énervé, et il l'a zigouillée !

À ces mots, Alison ne parvint plus à se contrôler :

— Comment peux-tu dire une chose pareille ? Tu n'as pas la moindre preuve, tu te permets de juger une personne que tu ne connais pas… Mais le pire, vois-tu, c'est qu'un tas de gens comme toi vont à présent faire des suppositions complètement farfelues sur cet homme et sa réputation va en prendre un coup !

— Et alors, je n'irai pas pleurer sur sa tombe, à celui-là ! C'est un sale milieu, je te dis, et ceux qui en tirent les ficelles sont les pires. Si tu veux le fond de ma pensée, je suis bien content que tu n'y travailles plus. Dieu sait ce qu'il aurait pu t'arriver si tu avais continué à fréquenter des gens comme eux ! renchérit Frank, soudain hargneux.

Alison sentit alors un frisson lui parcourir le dos. Elle n'avait jamais vu Frank sous l'emprise d'une telle haine. Elle aurait voulu tout lui avouer sur sa double vie, lui dire qu'elle connaissait cet homme, qu'il était son patron, mais la froideur et l'ironie de Frank lui firent renoncer à ce projet.

Elle finit par se lever pour s'enfuir dans la cuisine. Adossée contre la porte, elle éclata en sanglots.

Elle attrapa une carte de visite dissimulée dans sa veste, et relut pour la énième fois ce mot qu'elle avait reçu, à son grand étonnement, ce matin, accompagnant un bouquet de roses blanches, comme chaque année ce jour-là depuis leur adolescence :

Bon anniversaire, ma chérie. MAX.

Bien sûr, folle de joie, elle avait immédiatement appelé l'hôpital *Pompidou* à Paris, mais elle s'était entendu répondre que, non, Max était toujours dans le coma ! Elle en avait déduit, avec un sourire triste, que son Ange devait avoir pris un abonnement chez le fleuriste et que le bouquet partait automatiquement à la même date, chaque année. Celui-ci avait tout bonnement fait suivre son courrier. Ironie du sort : des fleurs venues de l'au-delà…

Elle sécha soudain ses larmes d'un revers de main, serra la carte avec force contre son cœur et songea à cet autre homme avec lequel elle vivait, Frank, qui avait oublié son anniversaire.

X

C'était un dimanche, jour de congés pour Alison et son mari. Il ne devait pas être huit heures. Alison, réveillée depuis un moment, se retournait dans son lit, ne parvenant pas à se rendormir. Le soleil était déjà haut dans le ciel et la température très élevée. Une lumière blanchâtre et vaporeuse perçait à travers les volets de la chambre.

Frank avait l'air endormi. Alison se leva et enfila sa tenue de jogging. Elle descendit l'escalier en sautillant. Elle avait décidé d'aller se dégourdir les jambes sur la plage de Santa Monica. Elle savait que Frank était un adepte des grasses matinées et qu'il ne serait peut-être même pas réveillé à son retour.

Au moment où elle franchit le portail automatique de la villa, le photographe au catogan, en embuscade, prit un cliché d'elle.

Ne s'apercevant toujours de rien, Alison monta dans son cabriolet et se mit à rouler sur Sunset Boulevard, quasiment désert. L'air dans ses cheveux lui faisait du bien. Les habitants de la cité des anges ne semblaient pas encore éveillés ou alors étaient en train de se préparer à se rendre dans les « mails », sorte de grands magasins géants, temples des courses dominicaines, une tradition bien américaine, alors qu'en Europe on a plutôt tendance à fuir le centre des villes le week-end.

Arrivée à Santa Monica, elle se mit à courir à en perdre haleine le long d'Ocean Drive. Chacune de ses longues enjambées la transportait hors de cette vie préfabriquée qui n'était pas la sienne et où elle avait l'impression d'étouffer. Sur la plage, caché dans les arbres, le photographe qui l'avait suivie continuait à la mitrailler au téléobjectif. Elle se sentait libérée, ce matin. Elle se dit qu'elle allait faire des efforts pour être plus aimante avec Frank et tâcher d'oublier ce crime abominable. Elle saisirait alors une bonne occasion pour lui parler de son travail, il finirait par comprendre. Elle avait un super-job, elle s'entendait merveilleusement avec Hart. Peut-être était-ce elle, au fond, qui en demandait trop ?

Elle aimait cette vaste avenue parsemée de cocotiers qui longeait l'océan, avec ses grands hôtels les pieds dans le sable, le *Shutters*, le *Casa Del Mar*... Elle apercevait sur la plage des surfeurs qui, comme elle, s'étaient levés tôt ce matin, pour prendre les vagues. Celles-ci roulaient pleines d'écume jusqu'au sable, en rythme comme une symphonie, avec les mouettes rasantes qui dansaient au-dessus d'elles. Elle aperçut certains d'entre eux qui la montraient du doigt. Elle se fit même suivre un moment par un groupe de jeunes athlètes bronzés et bodybuildés en rollers. Cela la fit rire.

À bout de forces et en nage, avec la chaleur qui devenait de plus en plus lourde, elle se décida finalement à regagner la villa.

Quand elle arriva, une demi-heure plus tard, et laissa son véhicule devant le portail d'entrée au « security guard », elle fut surprise d'apercevoir Frank sur le perron en costume. Elle accéléra le pas, ne comprenant pas.

— Ah ! Te voilà enfin… Ma secrétaire vient de m'appeler, il faut que je file immédiatement, je rentrerai dans deux à trois jours !

— Deux à trois jours ? Mais que se passe-t-il ? Où vas-tu ?

— À New York : une histoire de contrats à régler. Je t'appellerai ce soir. Désolé pour ce week-end écourté.

Frank l'enlaça soudain et l'embrassa longuement. Elle lui rendit son baiser, comme une bonne élève. Il y avait bien longtemps qu'il n'avait pas manifesté de véritable acte de tendresse. Alison en fut presque surprise.

Alors que Frank s'éloignait déjà, le téléphone sonna dans la villa.

Alison accourut dans le salon, enjamba le canapé qui la séparait du combiné et décrocha.

— Allo…

— Miss Parker ?

— C'est moi…

— Bonjour, Miss Parker, inspecteur Peter Granger, vous vous souvenez de moi ?

— Oui, bien sûr…

— J'ai eu du mal à vous retrouver… Curieusement, personne à votre bureau ne semblait connaître votre numéro de domicile…

— Que puis-je pour vous, inspecteur ?

— Quand avez-vous vu Mr. Hart pour la dernière fois ?

— Mon Dieu, lui est-il arrivé quelque chose ? s'exclama Alison, soudain pétrifiée.

— Répondez-moi d'abord, quand l'avez-vous vu ?

— Hier soir, au bureau, juste après vingt heures, en partant. Inspecteur, que se passe-t-il ?

— Mr. Hart a été victime d'un accident.

— De quel genre d'accident, est-ce grave ? répondit Alison, soudain décomposée.

— Je crains que oui.

— Où est-il, je veux le voir !

— Il est au *Cedars-Sinai Hospital*, sur Beverly Boulevard, mais je crains que votre visite ne lui soit pas d'une grande aide.

— Vous voulez dire qu'il est mort ! hurla Alison, perdant le contrôle d'elle-même.

— Non, Miss Parker, mais son état est jugé très sérieux, et nous ne savons pas encore s'il s'en tirera. Pourrions-nous nous voir rapidement ? J'aimerais éclaircir certains points avec vous. Je peux être chez vous dans moins d'une heure, si vous me le permettez ?

Peter Granger était devenu tout à coup très précautionneux envers Alison.

Encore sous le choc, elle acquiesça :
— Dans une heure, très bien, je vous attends, je suis au 1500 Bel Air road à Bel Air.

Un peu plus de trois quarts d'heure s'écoulèrent avant que l'inspecteur, accompagné d'un agent, ne sonnât à la porte de la villa.

— Miss Parker, j'aurais voulu être porteur de meilleures nouvelles, mais il semblerait que quelqu'un en veuille à *CBS* et aux personnes qui y travaillent.

— Qu'est-il arrivé, inspecteur ?

— Nous ne savons que peu de chose pour l'instant. Ce qui est sûr, c'est qu'il y a eu tentative de meurtre, par strangulation encore une fois, ce qui laisse présager qu'il s'agit du même agresseur. Celui-ci, avant de partir, a voulu simuler une pendaison, mais il a été dérangé par l'arrivée de la femme de ménage. Il s'est enfui, sans qu'elle puisse voir l'assassin. Heureusement pour Mr. Hart, cette dernière la sauvé ; il n'a pas eu le temps de le pendre !

Alison ne put s'empêcher d'avoir un haut-le-cœur :
— Mon Dieu, quelle horreur !

— Savez-vous s'il vivait avec quelqu'un ?

— Non, enfin je ne crois pas,... Je ne comprends pas... Qui pouvait lui en vouloir autant ? répondit Alison, qui avait du mal à s'exprimer, tant elle était affectée, l'esprit ailleurs.

— Nous ne le savons pas encore, mais, en attendant, je crois qu'il serait judicieux de votre part d'être prudente !

— Je vous le promets, répondit Alison d'une voix d'outre-tombe.

— Miss Parker, accepteriez-vous de nous suivre à son domicile ?

— Oui, bien sûr... Entrez, juste le temps de mettre un pull et je suis à vous !

L'inspecteur pénétra dans le salon de la villa, tandis que l'agent restait en faction à la porte.

Granger fut immédiatement frappé à la fois par l'aisance dans laquelle elle vivait et en même temps par une certaine froideur et un côté impersonnel des lieux. Cela le surprenait car cet intérieur ne semblait pas correspondre au caractère bouillant et chaleureux qu'il percevait chez Alison.

Pendant que l'inspecteur scrutait malgré lui le salon, déformation professionnelle oblige, Alison enfila rapidement un pull que Frank lui avait emprunté et qu'il avait négligemment laissé traîner sur le canapé. Alison fut soudain agacée, elle connaissait la maniaquerie de son mari, et se fit la remarque que, s'il s'était s'agi du sien, il aurait pris la peine de le plier. Elle achetait des pulls larges, avec des coupes d'homme ; elle s'y sentait plus à l'aise, et il arrivait donc souvent à Frank de les lui emprunter.

En dégageant les manches un peu trop longues, elle aperçut un petit accroc, et ne put s'empêcher de s'exclamer tout haut :

— Oh non, il exagère !

— Que se passe-t-il, Miss Parker ? demanda Granger, un peu surpris.

— Rien, je peste contre mon mari !

— Rien de grave, j'espère ?

— Non, non, mais plus jamais je ne prêterai mes affaires à un homme qui ne respecte rien… Regardez, abîmer un pull tout neuf, ça m'exaspère…

Granger feignit d'être indigné, et s'empressa de changer de sujet.

— Je compatis… Mais revenons-en aux faits, voulez-vous ? Je crois qu'il n'y a pas une minute à perdre…

— Pardon, inspecteur, je suis un peu à cran en ce moment…

Alison se sentit soudain honteuse d'avoir accordé tant d'importance à son pull, alors que John était entre la vie et la mort.

Ils s'engouffrèrent à l'arrière d'une voiture banalisée, que l'agent fit démarrer en faisant crisser les pneus sur le gravier, et hurler la sirène.

Le ciel s'était légèrement voilé, la pollution de la grande ville se mêlait aux nuages océaniques. L'atmosphère devenait lourde et humide et, tandis qu'ils longeaient Wilshire Boulevard, Alison chercha à se remémorer sa dernière journée avec John.

Elle se souvenait de ses dernières paroles au bureau, qui résonnaient à présent dans sa tête : « *Il n'y a que toi sur qui je puisse compter véritablement..* » et une larme coula le long de sa joue.

Ils passèrent devant Rodeo Drive, la rue la plus chic de Los Angeles et peut-être la plus chère au monde, avec toutes ses boutiques de grand luxe, une avenue Montaigne américaine. Alison pensait à John, elle essayait d'imaginer sa maison. Soudain, l'agent tourna dans une rue parallèle, sur Camden Drive, et stoppa devant une propriété cossue, encerclée de voitures de police et de gazon vert, abondamment arrosé par de grands jets d'eau. Elle aperçut alors Marc Chandler, accompagné d'un cameraman, en pourparlers avec quelques agents de police. Décidément, John ne s'était pas trompé, cet homme était un arriviste, prêt à tout pour récupérer un scoop. Elle comprit pourquoi il l'avait choisi, elle, plutôt que Marc. Un peu plus loin, quelques photographes prenaient une multitude de clichés.

La maison de John était telle qu'elle l'avait imaginée, respirant le bon goût et la quiétude. Au centre d'un splendide jardin paysager, se dressait un petit manoir de style normand, bordé d'une piscine bleu roi en forme de bassin à la française. Une agréable odeur d'herbe fraîchement coupée parvint à la détendre un instant, mais le drame qui était venu troubler ce havre de paix la ramena vite à la réalité.

Arrivée sur les marches du perron, Alison devint très pâle. Ses jambes semblaient se dérober sous elle, et elle dut se tenir à la rampe de l'escalier en pierre. Peter Granger, qui la précédait, ne s'était rendu compte de rien.

— Miss Parker, je sais que vous m'avez déclaré n'être jamais venue ici auparavant, mais je vous demanderai de bien vouloir tout observer autour de vous, et de me dire si vous reconnaissez un objet qui vous serait familier, ou si, au contraire, l'un de ceux-ci vous semble incongru, compte tenu de la personnalité de Mr. Hart.

— Très bien, je vais faire de mon mieux, mais je crains de ne pas pouvoir vous être d'une très grande aide !

Alison regarda tout autour d'elle, ayant soin de ne rien toucher, comme le lui avait recommandé Granger.

Près d'une table basse, elle remarqua un briquet en argent, le même que celui que John lui avait offert pour son anniversaire. Ainsi, il s'en était acheté aussi un pour lui… Cela la fit sourire un instant, mais elle n'y prêta pas attention plus longtemps, et continua son inspection.

Apercevant la corde qui avait servi à étrangler John, Alison se fraya un passage entre les agents, se sentant prête à défaillir. Son pouls s'accéléra, elle avait du mal à respirer. Soudain, elle s'écroula en perdant connaissance.

Vingt minutes s'écoulèrent, avant qu'elle ne revienne à elle. Elle était installée sur le lit de John.

Peter Granger, qui était resté à son chevet, lui tendit un verre d'eau.

— Cela va mieux, Miss Parker ?

— Oui, pardonnez-moi, inspecteur…

— Je suis désolé d'insister, Miss Parker, mais pouvez-vous me dire si vous avez reconnu quelque chose ou si un détail vous a semblé bizarre ?

— Non, je ne crois pas. C'est seulement la vision de la corde que je n'ai pas supportée…

XI

Ce matin-là, Alison avait repris machinalement le « freeway » pour se rendre chez *CBS*, mais cette fois toute sa joie de travailler à nouveau pour une chaîne de télévision avait disparu. Hart à l'hôpital, elle avait décidé d'assurer le suivi des dossiers jusqu'à son retour, mais le cœur n'y était plus. Elle sentait cependant la colère monter progressivement en elle, et sa détermination à découvrir l'auteur des ces actes abominables était sans faille.

Alison entra dans le bureau de Marc Chandler, et se déchaîna contre lui avec la violence du dernier tremblement de terre sur les côtes californiennes.

— Qu'est ce qui t'arrive ? Tu fais dans le sensationnel maintenant ? lança-t-elle en hurlant, ne maîtrisant plus sa voix.

Marc Chandler avait une tête de premier de la classe, cheveux gominés en arrière, lunettes d'écaille, costumes faits sur mesure. Il avait longtemps été considéré avec crainte dans le service comme le dauphin de Hart, avant qu'Alison ne lui passe devant. La nomination de cette dernière avait d'ailleurs été un soulagement pour tout le personnel. Il était aussi cassant avec ses subalternes que mielleux avec ses supérieurs…

— Je ne comprends pas de quoi tu parles, quelle mouche t'a piquée ? répondit-t-il avec un sourire forcé, faussement surpris, s'enfonçant dans son fauteuil en cuir.

— Il me prend que je t'interdis de passer la moindre image, ou le moindre commentaire, sur cette malheureuse histoire !

— De quoi parles-tu ? dit-il sur un ton maintenant franchement narquois.

— Ne joue pas au plus malin avec moi, Marc. John avait raison, tu n'es qu'un arriviste, prêt à tout, même aux pires traîtrises !

— Ce n'est pas du sensationnel, mais de l'information…

— Tu n'as visiblement aucune éthique, ou bien aucune sorte de discernement, pour ne pas faire la différence entre les deux, mais, tant que je serai là, il n'est pas question qu'une seule image sorte sur les écrans de télévision.

— Aurais-tu quelque chose à cacher, Alison ? lâcha soudain Marc, goguenard.

— Je te défends ce genre d'insinuations ! répliqua Alison, de plus en plus hors d'elle.

— Ou alors aurais-tu peur, Alison ? Au train où vont les choses, tu pourrais très bien être la prochaine victime…

— C'est une menace ?

— Mais non, je voulais juste me moquer de toi ! Même s'il faut bien admettre que ces deux agressions ont sûrement un rapport… Je fais juste mon métier de journaliste, tempéra Marc.

— Garde ton humour noir pour toi, Marc ! Cette affaire est classée confidentielle, pour les besoins de l'enquête, et je ne te crois pas en mesure, jusqu'à preuve du contraire, de pouvoir la résoudre. Alors, jusqu'à nouvel ordre, tu oublies toute cette histoire, c'est bien compris ? dit-elle en le fixant droit dans les yeux.

Sans même attendre la réponse de Marc, Alison se dirigea vers la sortie et claqua avec force la porte derrière elle.

Alison regagna son bureau, encore survoltée, et passa quelques coups de téléphone pour régler les affaires en cours, les plus urgentes, cherchant aussi à s'apaiser. Sa boîte mail était inondée de messages, nombre d'entre eux demandaient des nouvelles de John. Elle s'attacha à répondre à chacun, s'obligeant à être rassurante.

Mais l'attitude de Marc Chandler l'avait profondément heurtée. Elle ne se remettait pas de leur conversation. Elle ne comprenait pas ses allusions.

La soupçonnait-il d'être l'assassin ? Pourquoi l'avait-il menacée ? Était-ce lui le meurtrier ?

En début d'après-midi, elle se rendit compte qu'elle n'avait plus du tout l'esprit à ce qu'elle faisait ; de plus, une sensation d'écœurement irrépressible lui montait progressivement à la gorge, et une migraine tenace s'installait. Elle comprit qu'elle ne pourrait plus travailler aujourd'hui, malgré toute la meilleure volonté du monde. Aussi, elle rangea quelques dossiers dans son coffre et referma la porte de son bureau. En rejoignant sa voiture, elle n'avait plus qu'une seule idée en tête, rentrer chez elle au plus vite, prendre une boisson chaude et se mettre au lit.

À cette heure-là, la circulation était très fluide et elle fut vite de retour à Bel Air. Tout semblait paisible ici, dans cet oasis de privilégiés ; chacun était insouciant, le malheur ne semblait pas pouvoir pénétrer dans ce paradis artificiel. Arrivée à la villa, et après être restée longtemps dans un bain moussant, elle se glissa enfin, les cheveux encore mouillés, dans les draps.

Elle ne parvint cependant pas à se calmer, encore sous l'emprise de la migraine et aussi assaillie par tant de questions. Elle était en effet obsédée par la recherche du coupable, mais elle se sentait trop affectée pour pouvoir réfléchir aux circonstances qui auraient pu motiver un quelconque assassin à commettre ces deux agressions. Car, elle en est certaine à présent, il s'agissait bien du même meurtrier.

Alors qu'elle était sur le point de sombrer dans un profond sommeil, après avoir finalement pris un somnifère, le téléphone sonna. D'un geste peu habile, elle étira le bras jusqu'à la table de nuit, et attrapa le téléphone :

— Allô, ma puce ?

— Hum, oui…

— Je te réveille ? Tu étais déjà couchée ?

— Oui, je me sens un peu fatiguée…

Alison put percevoir, à travers le combiné, un bruit en arrière-fond, qu'elle ne parvenait pas à identifier. Ce pouvait être le passage de voitures sur une autoroute, ou peut-être la circulation d'une rue animée en centre-ville.

— J'ai passé une journée formidable, ma puce, tout s'est passé comme sur des roulettes, annonça Frank, sur un ton triomphant.

Il y avait longtemps qu'il ne l'avait pas appelée « ma puce », et en effet il paraissait plus enjoué qu'à l'ordinaire.

— J'en suis ravie pour toi, Frank, répondit-elle machinalement.

Alison ne pensait pas vraiment ce qu'elle disait. De toute façon, elle était bien trop épuisée pour se réjouir de quoi que ce soit.

— Figure-toi que j'ai enfin finalisé le contrat avec les Japonais ; tu sais, celui qui prévoit la construction d'un complexe immobilier sur la côte Ouest !

Alison fronça alors les sourcils. Elle était surprise par les propos de son mari. Certes, elle était fatiguée et le somnifère commençait à faire son effet, mais elle était sûre d'une chose : il n'avait jamais évoqué ce contrat, pas plus qu'aucun autre d'ailleurs. Il ne lui parlait pas de ses affaires, d'ailleurs, qu'il qualifiait toujours lui-même de « top secret ». Il lui avait en effet ouvertement confessé qu'il considérait que les femmes étaient d'incorrigibles pipelettes, qui ne savent pas tenir leur langue. Chaque dossier qu'il traitait, disait-il, devait rester le plus confidentiel possible, au moins jusqu'à la signature, afin d'éviter aux concurrents de faire une offre plus avantageuse que la sienne.

Et il préférait habituellement laisser même sa propre femme dans l'ignorance, afin de lui éviter de commettre involontairement une indiscrétion…

— Je ne vois pas de quoi tu parles, répondit-elle en bâillant, mais je me réjouis pour toi, si tout s'est bien passé.

— Mais si, Alison, rappelle-toi, je t'en ai parlé la semaine dernière… insista-t-il.

— Oui, c'est possible, je ne m'en souviens pas, dit-elle évasivement. Quand comptes-tu rentrer ?

— Je dois encore terminer une affaire avant de partir. Ensuite, je passerai inaugurer le chantier, et si tout va bien, je serai de retour après-demain, dans la matinée.

— Bon, alors bon courage, je t'embrasse, conclut-elle, un peu lasse.

— Moi aussi ma puce, à bientôt ! répondit-il sur un ton enjoué et charmeur.

Par trois fois, il l'avait appelée « ma puce » et lui avait certifié lui avoir parlé de ce fameux contrat sur la côte Ouest. Cela lui parut un peu étrange. Et puis, derrière le bruit qui couvrait la conversation de son mari, il lui avait semblé entendre une voix de femme. Mais elle n'en n'était pas sûre… Elle finit par décider de ne plus prêter attention à toutes ces nouvelles questions qui la harcelaient, comme un chant lancinant de sirènes de mauvais augure autour d'elle, tant ses paupières la suppliaient de pouvoir enfin se refermer.

XII

Vers sept heures du matin, le réveil sonna avec insistance. Les rayons du soleil à travers les volets venaient zébrer les draps emmêlés du lit d'Alison. Celle-ci s'étira comme un chat, puis se leva d'un bond. Elle avait dormi profondément, d'un sommeil réparateur, et avait à présent récupéré toutes ses forces. Elle prit une douche fraîche, enfila son peignoir en soie noire, qui colla à ses épaules encore humides, et jeta un regard oblique dans le miroir embué, qui lui renvoya l'image de la jolie brune enjouée qu'elle connaissait. Mais elle fut frappée cette fois par cette nouvelle lueur grave qui s'était installée dans son regard. Elle chercha à faire ses mimiques habituelles, à sourire de mille façons au miroir : boudeuse, sensuelle, hilarante… (c'était son grand jeu), mais en vain. L'inquiétude visible au fond de ses yeux ne disparaissait pas. Contrariée, elle finit par descendre prendre un café dans la cuisine.

Les images des événements de la veille affluèrent soudain massivement dans sa tête. Elle aurait voulu les repousser quelques minutes encore, juste le temps de souffler un peu par cette belle journée ensoleillée, mais elle n'y parvint pas. Elle subissait maintenant le contrecoup de tout cet enchaînement diabolique de drames depuis l'accident de Max à Paris. Elle eut brusquement en particulier devant elle la vision insoutenable de John allongé dans le salon, des marques rouges de strangulation encerclant sa gorge, les médecins penchés sur lui, les voitures de police… Plus que tout, elle chercha à chasser de son esprit leurs sirènes stridentes, jaillissant de toute part. Elle avait envie de hurler.

Elle alluma la radio, mais la fréquence des infos ne relatait pas la tentative d'assassinat sur Hart et elle s'en trouva soulagée. Comme un automate, elle regagna alors sa chambre, ouvrit son dressing, choisit une robe grise et l'enfila mécaniquement. Elle ne parvenait plus à concentrer son esprit et ne savait pas encore comment organiser sa journée. Puis elle imagina John sur son lit d'hôpital et, immédiatement, elle fut prise d'une irrépressible anxiété. Il fallait absolument qu'elle aille le voir au plus vite. Comment avait-elle pu dormir si profondément, prendre autant de temps pour boire un café, alors qu'il était peut-être dans un état désespéré, entre la vie et la mort ?

Elle sauta au volant de son cabriolet et démarra en trombe pour l'hôpital. Elle fonça sur le « freeway », pour rejoindre au plus vite le Cienega Boulevard. Ses longs cheveux bruns aux pointes auburn étaient soulevés par le vent, tandis que le soleil rasant se reflétait sur ses lunettes noires. Une vraie star hollywoodienne, tragique et belle. Chaque minute lui semblait à présent une éternité. Elle brûla plusieurs priorités et finit par débouler sur le parking du *Cedars-Sinai Hospital*.

En arrivant dans le hall, elle se sentit à nouveau défaillir. Elle avait tellement peur de ce qui l'attendait, qu'elle dut reprendre son souffle à plusieurs reprises, afin de ne pas se laisser aller à une crise de larmes de nervosité. Elle récupéra ses esprits, prit l'ascenseur, et s'engagea sans plus attendre dans le long couloir qui menait au service de réanimation. Elle passa les portes battantes du service, et là, un agent de police lui barra brutalement le passage, lui demandant de décliner son identité et d'expliquer la raison de sa présence. Elle n'eut heureusement pas à se soumettre à cette épreuve, car Granger l'aperçut soudain et fit signe à ce dernier de la laisser passer.

— Comment va-t-il, Inspecteur ? demanda immédiatement Alison, soulagée de voir Granger.

— Aussi bien que possible… Je vous présente le Dr Livingston, le chef du service de réanimation.

Alison ne prit pas même la peine de se présenter, tant elle était impatiente d'en savoir plus.

— Docteur, comment va-t-il ?

— Comme vous l'a dit l'inspecteur, sa vie n'est plus en danger. Il a repris connaissance cette nuit, vers deux heures du matin ; mais il a subi un traumatisme, lié au manque d'oxygénation du cerveau pendant la tentative de pendaison, ayant entraîné une amnésie partielle. Cependant, nous sommes très optimistes le concernant, il possède une bonne capacité de récupération, répondit Lewinstone.

— Oh mon Dieu, merci ! Est-il possible de le voir ?

— Les infirmières finissent les soins, mais je pense qu'après cela vous pourrez lui rendre une petite visite.

Pas plus de cinq minutes. Il est encore sous le choc, et a besoin de se reposer le plus possible.

Le docteur n'eut pas le temps d'en dire plus. Un interne l'appela pour une urgence, et il s'éloigna précipitamment d'Alison et de l'inspecteur.

— Puis-je vous offrir un café dans le hall, à la cafétéria, Miss Parker ? demanda Granger.

— Volontiers, inspecteur, mais à condition de revenir vite, car je suis trop impatiente de voir John !

— Ne vous inquiétez pas, vous avez entendu le médecin ; ses jours ne sont plus en danger. L'agent que vous avez croisé à l'entrée est chargé de sa sécurité.

— Vous croyez que son agresseur oserait venir jusqu'ici ? s'enquit Alison, tout en marchant rapidement dans le couloir avec l'inspecteur.

— Je n'en sais rien, Miss Parker, mais mieux vaut être prudent dans un cas de tentative d'homicide.

Alison ne put refréner le frisson glacial qui lui parcourut le dos. Elle monta dans l'ascenseur, suivie de Granger.

La cafétéria de l'hôpital était quasiment déserte. Alison et l'inspecteur s'installèrent face à face, devant deux cafés brûlants.

— Inspecteur, avez-vous découvert un quelconque indice ? demanda Alison, comme si les rôles s'étaient soudain inversés. Vous me paraissez soucieux… (elle était bien décidée à tout savoir des résultats de l'enquête).

— Je ne pense pas être en mesure de vous confier de telles informations, même s'il se trouvait que j'en possède, répondit calmement Granger, un rien amusé par la naïveté de sa protégée.

— Mais je pourrais vous aider, nous pourrions faire équipe tous les deux ! supplia Alison.

— En trente ans de carrière, Miss Parker, j'ai appris à ne faire équipe qu'avec moi-même ! Et à me méfier des jolies femmes… rajouta-t-il avec malice. Il était resté un incorrigible macho.

— Vous ne me faites pas confiance ! Vous ne pensez quand même pas que j'aurais pu… ? dit Alison, soudain révoltée par ses propos, en haussant le ton. Ses nerfs avaient été mis à rude épreuve par toutes ces tragédies inexpliquées. Elle n'avait plus aucun repère dans ce pays, étranger de surcroît. Granger le comprenait très bien.

Alison ne put finir sa phrase, tant elle ne se contrôlait plus. Elle se leva, tremblante de colère.

— Calmez-vous, Miss Parker, rasseyez-vous… Je n'ai rien dit de pareil, seulement comprenez-moi, tant que Mr. Hart n'aura pas retrouvé la mémoire, et qu'il ne nous révélera rien de plus sur son agression, il est préférable de rester prudent, dit Granger, d'une voix soudainement devenue très douce.

— Mais puisqu'il est sous surveillance, c'est vous-même qui m'avez dit que cet agent était là pour veiller sur lui !

— Miss Parker, je comprends votre empressement, mais croyez-moi, pour l'instant il est préférable que vous restiez le plus possible hors de cette affaire. Pour le bon déroulement de l'enquête, ainsi que pour votre sécurité !

Il rajouta soudain, d'une voix altérée, à peine audible :
— Vous me rappelez tellement quelqu'un. Je ne me le pardonnerais pas, s'il vous arrivait quelque chose…

Il paraissait si profondément sincère en parlant de la sécurité d'Alison. Celle-ci en fut touchée et comprit que, malgré son côté bourru et maladroit, Granger était au fond un type bien. Elle était troublée par sa nouvelle grande déférence envers elle. Elle ressentait aussi, confusément, qu'il avait lui-même vécu un drame, mais, par délicatesse, décida de ne pas aborder le sujet.
— Vous allez bien, inspecteur ?

Granger ne répondit pas.

Pour la première fois peut-être, elle dévisagea Granger. Le visage de celui-ci était carré, franc ; ses yeux gris vifs pétillaient d'intelligence, mais pourquoi y ressentait-elle une onde de tristesse enfouie, une mélancolie attachante ? Elle détailla les rides qui creusaient son front et les cernes de ses yeux et s'aperçut qu'il portait la souffrance comme un drapeau. Autant avait-elle trouvé l'inspecteur sans gêne et trivial dans ses questions au premier abord, autant décelait-elle aujourd'hui un être fin, qui lui semblait brisé intérieurement par quelque secret souterrain.

Cependant, elle était bien décidée à ne pas laisser tomber cette affaire, ni à déléguer la recherche du meurtrier à qui que ce soit, fût-ce même la police. Elle était trop concernée. N'était-ce pas son meilleur ami outre-Atlantique qui venait d'échapper de justesse à la mort ? Elle n'avait rien pu faire pour Max, pour lui c'était trop tard, mais, cette fois-ci, elle n'avait pas l'intention de laisser quiconque mettre la vie de John à nouveau en danger. Elle promit cependant à Granger d'être prudente.

— Il est temps de remonter en réanimation à présent, les soins doivent être terminés, reprit Alison, visiblement calmée.

Alison et l'inspecteur continuèrent à parler, tout en regagnant le service de réanimation. La glace s'était à présent rompue entre eux, grâce à la confession implicite de Granger de sa propre tristesse. Sa fêlure le rendait soudain plus proche, plus humain. Leur relation devenait presque complice.

— Miss Parker, vous connaissez bien Mr. Hart. Vous semble-t-il qu'une personne de *CBS* puisse avoir un mobile assez sérieux pour avoir attenté à ses jours ?

— Sincèrement, je n'en sais rien. Sûrement. Vous savez, le monde de la télévision est cruel, féroce, voire impitoyable. Cela représente pour beaucoup une lutte de pouvoir, surtout en ce qui concerne le département des « News » auquel nous appartenons. Les passionnés, les vrais, sont très rares. Je dirais presque une espèce en voie de disparition.

— Mr. Hart en fait-il partie ?

— Je ne dis pas que c'est un saint, personne ne l'est, d'ailleurs. Pour réussir dans ce métier, il faut de la patience, du cran et du répondant, et on ne fait pas une bonne omelette sans casser des œufs. Mais John appartient à cette catégorie de journalistes qui ont assez de talent et de volonté pour réussir, sans pour autant avoir recours à des méthodes inavouables. C'est quelqu'un de profondément humain et chaleureux.

— Pensez-vous que le meurtre de Miss Spaulding soit en rapport avec la tentative de meurtre sur John Hart ?

— Deux agressions en l'espace de si peu de temps sur deux personnes travaillant chez *CBS*, c'est en effet très troublant. Mais je n'en tire pour l'instant aucune conclusion, répondit-elle.

— Comment expliquez-vous que *CBS* n'ait pas repris des images concernant cette agression dans le journal télévisé de ce matin ? Il me semble pourtant avoir aperçu des caméras de chez vous, hier chez Hart… continua Granger.

— C'était cet arriviste de Chandler. Marc Chandler. Je suis passée à son bureau hier en fin de journée, et je lui ai interdit de passer le moindre document, ou de dévoiler la moindre information concernant cette affaire. C'est un requin prêt à tout pour se faire un nom. En fait, c'est un être méprisable.

— Vous avez l'air de le porter dans votre cœur ! lâcha Granger, amusé.

— Il fait partie de ces gens dont je vous parlais tout à l'heure. Il n'y a que la notoriété et le pouvoir qui les intéressent, peu importe la manière d'y parvenir.
— Celui-là aurait-il eu un bon mobile pour vouloir liquider Hart ?

— Oui, certainement... Pour chercher à prendre sa place ! Ou juste peut-être même pour pouvoir faire un scoop à l'antenne... Et j'avoue que cette idée m'obsède depuis hier. Mais je ne pense pas, c'est un avorton et un pleutre, il n'aurait jamais eu la force physique de l'agresser.

— Peut-être, mais il aurait pu commanditer le meurtre... Nous irons l'interroger. Croyez-vous en tout cas qu'il respectera votre consigne de confidentialité ?

— Je le crois, il aurait bien trop peur de perdre sa place, et il sait que, s'il déroge à mes instructions, il pourra prendre la porte.

— Vous êtes une femme de caractère. Finalement, vous êtes plus endurcie qu'il n'y paraît.

— Je n'aime pas que l'on touche aux personnes que j'aime et pour qui j'ai de la considération. Je vous le répète, John est un homme foncièrement honnête, qui ne mérite pas ce qui lui est arrivé.

Tout en discutant, elle s'aperçut qu'ils avaient atteint la porte battante du service de réanimation.

Alison prit congé de l'inspecteur et entra avec mille précautions dans la chambre de John.

Il était là, allongé sur le lit, les yeux mi-clos. Il paraissait ne pas même l'avoir entendue entrer. Alison resta un moment devant lui sans faire de bruit, à simplement l'observer. Elle décida finalement de ne pas le réveiller, et de faire demi-tour. C'est alors qu'il l'appela doucement.

— Alison, c'est toi ? murmura Hart d'une voix faible, qu'elle reconnut à peine.

Elle s'approcha de lui, avec un sourire forcé.

— Oui, John, ne t'inquiète pas, je suis là, lui répondit-elle doucement.

— Alison, c'est…

Il n'eut pas la force de finir sa phrase. Les somnifères et les diverses drogues administrées pour le soulager l'assommaient peu à peu ; chaque mot prononcé lui nécessitait un effort considérable et il sombra à nouveau dans un demi-sommeil.

Alison n'eut pas le courage de le torturer d'avantage en lui posant la multitude de questions qui pourtant l'oppressaient. Elle se jura de revenir le soir même, pour prendre de ses nouvelles.

XIII

Alison quitta l'hôpital et prit la direction de *CBS*. La chaleur était étouffante. Ces larges avenues accablées par le soleil de downtown L.A., où se succédaient commerçants divers, stations-service, *coffee bars*, « mails » géants, semblaient désertes. Chacun se terrait à l'intérieur, recherchant l'air frais de la climatisation des immeubles. De retour à son bureau, Alison ne parvint à nouveau pas à se concentrer sur les dossiers en cours. Elle décida, pour se changer les idées, d'aller déjeuner chez *Spencer*, un restaurant avec terrasse non loin de là, repaire des journalistes de la chaîne de télévision, se promettant de se mettre à l'ouvrage dès son retour. Elle s'apprêtait à sortir lorsque le téléphone sonna.

— C'est un certain Mr. James Smith, pour vous, Miss Parker, annonça la standardiste.

— Mais je ne connais personne de ce nom-là ! répondit Alison, surprise. Demandez-lui quel est le motif de son appel !

— Il dit que c'est personnel et que c'est urgent. Il insiste pour vous parler.

— Bon… passez-le-moi, accepta finalement Alison, intriguée par cet appel mystérieux.

— Allô, Miss Parker ? dit une voix grave et éraillée au bout du fil, masquée par une communication de mauvaise qualité, provenant sans doute d'un téléphone portable.

— Oui… qui êtes-vous ?

— Je voudrais vous rencontrer dès que possible, Miss Parker. Je vous expliquerai tout de vive voix.

Alison était décidée à raccrocher s'il n'en disait pas plus. Granger ne lui avait-il pas recommandé d'être prudente ?

— Pourquoi tout ce mystère ? Je ne donne pas de rendez-vous à des inconnus !

— Vous auriez tort. J'ai des révélations à vous faire, au sujet des agressions… répondit d'une voix à peine audible James Smith.

Alison resta sans voix pendant un instant.

— Vous avez entendu ? répéta Smith sur un ton très insistant.

Alison hésita encore un peu avant de prendre une décision, puis elle se lança. C'était bien son tempérament, impétueux, elle avait le goût du risque.

— Rendez-vous à mon bureau, chez *CBS*, à quatorze heures trente, finit-elle par lâcher.

— Une dernière chose, Miss Parker, laissez la police en dehors de tout ça !

Alison raccrocha et resta songeuse. Et s'il s'agissait du meurtrier ? Peut-être devrait-elle appeler Granger ? Elle lui avait promis de ne rien lui cacher qui puisse être utile à l'enquête, et d'être très vigilante en ce moment.

Elle avait donné rendez-vous à James Smith à son bureau. Elle s'y sentait plus à l'abri que dans un lieu public car, depuis le meurtre de Mary Spaulding, les locaux de *CBS* avaient renforcé leur service de sécurité. Pensant qu'elle ne risquait rien dans cet endroit sûr, elle décida finalement qu'il n'était pas utile à ce stade d'appeler l'inspecteur et partit déjeuner chez *Spencer*.

Elle s'installa en terrasse et commanda un plat constitué de divers ingrédients entièrement crus ; c'était la grande mode à Los Angeles pour garder la ligne et elle s'était peu à peu installée dans ce mimétisme californien.

Mais elle toucha à peine à son déjeuner et fuma cigarette sur cigarette, tant elle était anxieuse. Qu'allait lui révéler ce Smith ? Pourquoi désobéissait-elle aux instructions de Granger ? Vers quatorze heures quinze, elle avala rapidement un café sans sucre brûlant et regagna son bureau.

À peine eut-elle franchi le seuil du hall de *CBS*, qu'un homme athlétique et de grande taille se leva et vint à sa rencontre.

Le teint basané, les cheveux retenus par un catogan : le photographe.

— Miss Parker, je suppose ! dit-il en lui tendant la main, avec un large sourire, qui laissait entrevoir une rangée de dents parfaites, étincelantes, probablement fausses, et blanchies.

— C'est moi-même, on s'est déjà rencontrés ? demanda-t-elle, étonnée.

Elle dévisagea l'inconnu. Il lui semblait ne pas le connaître, mais elle n'en n'était pas sûre. Elle avait croisé tellement de monde depuis qu'elle était à Los Angeles, dans les « parties » organisées sur les yachts des relations de Frank à Newport Beach, à son golf ou au *Bel Air Beach Club*, ou même lors des reportages qu'elle avait menés pour *CBS*… Cela la rendait mal à l'aise. Elle n'aimait pas son look, ni la façon directe avec laquelle il la regardait et s'adressait à elle.

— Merci de m'avoir accordé cet entretien si rapidement, mais ne restons pas ici, voulez-vous… répondit Smith.

— Montons dans une salle de réunion, répondit-elle froidement.

Alison restait stupéfaite que ce parfait inconnu soit venu directement à elle. Tandis qu'ils prenaient l'ascenseur, elle continuait à chercher dans sa mémoire.

James Smith s'était approché d'elle sans l'ombre d'une hésitation. Il savait donc parfaitement qui elle était. Cela l'inquiéta évidemment, mais elle était trop impatiente et curieuse de savoir ce qu'il avait de si urgent à lui dire.

— Vous êtes ravissante, Miss Parker, je ne sais comment vous vous y prenez, mais, sans vous forcer, vous pourriez être mannequin, et je sais de quoi je parle ! lui glissa Smith, tandis qu'ils arrivaient à l'étage du service des « News ».

Alison ne répondit pas, trouvant ce compliment déplacé. Qui était-il pour se permettre une telle familiarité ? Elle le précéda en accélérant le pas dans le couloir et le fit entrer dans une salle de réunion, dont les cloisons étaient vitrées. Ainsi, tout le monde pourrait les voir de l'extérieur, sans les entendre.

— Je pense que ce n'est pas pour mes beaux yeux que vous vouliez me voir d'urgence. Venons-en au fait, voulez-vous ? dit Alison, à la fois agacée et peu rassurée, regardant par intermittence à travers les vitres.

— Nous avons tout notre temps ! répondit Smith, affable, en souriant.

— Vous, peut-être, mais, en ce qui me concerne, j'ai un planning très chargé, coupa Alison.

— Croyez-moi, Miss Parker, vous ne regretterez pas de m'avoir accordé un moment…

— Pour commencer, qui êtes-vous ?

— James Smith.

— Mais encore ?

— Pour tout vous dire, je suis presque l'un de vos compatriotes, ayant vécu une partie de ma vie en France, et je suis maintenant consultant pour le Consulat français à L.A. Mais il se trouve aussi que je m'intéresse de près à cette histoire de meurtre.

— Et puis-je vous demander pourquoi ?

— Saviez-vous que Miss Spaulding avait une sœur ? Une sœur jumelle, pour être précis…

James Smith marqua une pause et dévisagea Alison, se délectant d'avance de l'effet que ne manquerait pas de lui faire une telle annonce. Mais celle-ci ne lui fit pas ce plaisir et elle ne laissa pas transparaître son étonnement ; elle attendait la suite.

— … qui a disparu, rajouta Smith, mesurant l'impact de cette touche finale sur Alison.

Cette fois, la jeune femme ne put se contenir.
— Comment ça, disparu ? Et comment connaissiez-vous son existence ? s'exclama-t-elle.

— Il se trouve que je travaille pour un client, dont je tairai le nom par discrétion, qui s'intéresse beaucoup à Kimberley. Kimberley, c'est son nom, répondit le photographe, toujours énigmatique.
Alison commença à s'intéresser vraiment aux déclarations de ce James Smith et se rapprocha de lui.

Piqué au vif par ce regain d'intérêt, celui-ci continua :

— Elle s'est volatilisée le jour même de l'assassinat de sa sœur et, pour tout vous dire, cela me semble plus qu'étrange…

— En effet, la coïncidence est curieuse. Mais pourquoi ne pas en avoir parlé à la police ? interrompit Alison.

— Parce que mon client n'apprécierait pas de voir son nom cité dans la presse. Vous savez mieux que quiconque comment sont les journalistes, avides de sensationnel. Mon client entretenait une liaison avec Kimberley…

— Qui est cette Kimberley et que fait-elle dans la vie ? interrogea Alison, abasourdie.

— À la différence de sa sœur, c'est une fille très extravertie, très séduisante aussi, qui sait profiter de la vie et ne s'en prive pas. Elle n'a pas beaucoup de sens moral, et ses différentes aventures lui ont permis de s'assurer une confortable retraite, si vous voyez ce que je veux dire ! continua Smith, tout en sous-entendus.

— Elle se prostitue ?

— Oh non, disons plutôt qu'elle sait choisir ses amants, et en tirer le meilleur parti.

— Savez-vous quelles relations elle entretenait avec sa sœur ? continua Alison, commençant sa propre enquête.

— Bizarrement, elles étaient assez proches, bien que ne partageant pas du tout la même conception de la vie. Mary Spaulding était au courant de la manière de vivre de Kimberley, mais elle préférait éviter le sujet. Elles se voyaient de temps en temps, mais jamais en présence d'une tierce personne.

— Pourquoi venir me voir, moi, pour me raconter tout cela ?

— Parce que je pense que vous êtes directement concernée par cette affaire. Vous connaissiez Mary. Elle a été assassinée dans votre voiture, et vous êtes la plus proche collaboratrice de John Hart.

— Et alors ?

— Alors il se pourrait bien que votre vie soit en danger, et je pensais que vous pourriez peut-être avoir envie de m'aider à résoudre cette énigme et me permettre de retrouver la trace de Kimberley !

— Pensez-vous que sa disparition puisse être volontaire, qu'elle se cache ou qu'elle ait peut-être été victime du même agresseur ?

— Je n'en sais rien encore.

— Écoutez, Mr. Smith, je ne sais pas que penser de tout cela. J'ai besoin d'y réfléchir. Cependant, j'aimerais savoir où je peux vous joindre, finit par conclure Alison, songeuse.

James Smith tira alors une enveloppe de sa poche et la posa sur la table de la salle de réunion.

— Prenez ça. Ma carte de visite est à l'intérieur, avec quelques documents qui devraient vous intéresser… mais je compte sur votre discrétion. Croyez-moi, il est préférable que cela reste entre nous, et, encore une fois, laissez la police en dehors de tout ça.

Alison, interloquée, ramassa l'enveloppe et prit congé de James Smith, en ayant soin de le raccompagner elle-même jusqu'à la sortie de *CBS*.

Elle était troublée par ce qu'elle venait d'apprendre. Cet homme, sorti de nulle part, l'inquiétait. Et si c'était un manipulateur, qu'il lui tendait un piège, l'emmenait sur une fausse piste ? Mais elle avait senti une sincère inquiétude dans sa voix lorsqu'il avait parlé de Kimberley, et un septième sens lui intimait de lui faire confiance. Elle décida de se fier à son instinct et n'en parla pas à l'inspecteur Granger. Plus tard, peut-être, il en serait toujours temps…

Après avoir quitté cet étrange visiteur, Alison regagna sa voiture, sur le parking de *CBS*. Elle était trop impatiente de découvrir ce qui se cachait dans l'enveloppe qu'il lui avait confiée, mais elle tenait à l'ouvrir dans un endroit où elle était sûre qu'elle ne serait pas observée. Elle la décacheta et avec étonnement en sortit une série de clichés de très jolies jeunes femmes, fort dénudées.

Elle écarquilla soudain les yeux : parmi les mannequins, elle vit un sosie de Mary Spaulding, mais sans lunettes, aguicheuse, en tenue léopard et porte-jarretelles ! Tout à coup, elle repensa à l'entretien qu'elle avait eu avec Smith. Se pouvait-il que ce soit Kimberley, la sœur de Mary ?

Alison n'était cependant pas au bout de ses surprises. Voilà qu'elle découvrit aussi plusieurs clichés d'elle-même, pris au téléobjectif : fumant une cigarette sur la plage de Santa Monica face à la mer, au *Geoffrey's*, faisant du jogging sur la plage, chez *CBS*...

La carte de visite de Smith tomba de l'enveloppe, et elle put lire :

James Smith
Photographe
Agence STARS

Alison eut soudain un flash. Elle se rappelait maintenant le nom de ce dossier top secret que John lui avait passé le jour de son agression. Ils devaient en parler le lendemain : le dossier *STARS*...

Pourquoi Smith, si c'est son vrai nom, avait-il prétendu être consultant pour le Consulat ? Et si c'était un imposteur ou, pis, un assassin ?

Et surtout, pourquoi l'avait-il suivie depuis si longtemps et photographiée partout où elle allait ? Elle ne comprenait plus rien et ne parvenait pas à assembler les pièces du puzzle.

Alison en eut le souffle coupé, son sang se glaça dans ses veines. L'étau semblait se resserrer autour d'elle. Elle se sentait désormais suivie, violée dans sa vie privée, véritablement en danger. Elle en était maintenant convaincue. Granger avait raison.

Elle décida qu'il était grand temps d'aller tout raconter à Frank et de lui demander son aide. Après tout, c'était son mari…

Tandis qu'elle s'apprêtait à démarrer sa voiture, sur le parking extérieur, son regard fut brusquement attiré par une femme au téléphone sur le trottoir d'en face. Celle-ci avait l'air particulièrement agitée et semblait visiblement gênée par le regard des autres. Elle ne cessait de regarder derrière elle, comme si elle s'attendait à voir surgir quelqu'un.

Bizarrement, Alison ne parvenait pas à décrocher le regard de cette femme qu'elle distinguait mal de là où elle était. Quelque chose lui semblait étrange dans son attitude, mais elle ne parvenait pas à déterminer ce qui provoquait en elle cette sensation.

Elle finit par sortir de sa voiture pour en avoir le cœur net et s'approcha d'elle lentement. Cette silhouette lui rappelait vaguement quelqu'un… Mary Spaulding… Oui, cette femme ressemblait à Mary, mais en plus sophistiquée, plus extravertie aussi.

Elle s'avança doucement pour la dévisager d'un peu plus près. Oui, cette femme était bien la copie conforme de Mary.

Elle continua d'approcher et entendit alors des bribes de conversation téléphonique, qui l'intriguèrent :

— Ne persiste pas à dire que c'était mon idée, ou tu pourrais le regretter !

— Non merci, j'ai quelques papiers à régler, si tu vois ce que je veux dire…

— C'est ça, à bientôt, et ne m'appelle plus chérie, veux-tu !

La femme pivota sur elle-même, faisant presque face à Alison, qui recula de surprise, mais réussit à se dissimuler derrière une voiture. Elle passa devant Alison, apparemment sans la remarquer. Elle était en colère, cela se lisait dans ses yeux. Ses yeux… Alison en eut un haut-le-cœur. Elle en était sûre à présent, c'était Kimberley ! Cela ne pouvait être qu'elle. Elle était le portrait craché de Mary.

Alison, sous le coup de l'émotion, eut du mal à respirer et resta longtemps tapie, sans bouger. Elle vit la femme presser le pas le long du trottoir et disparaître totalement.

De retour dans sa voiture, Alison composa immédiatement en tremblant le numéro de Smith.

Après de nombreuses sonneries, celui-ci décrocha enfin.

— Mr. Smith, c'est Alison Parker.

— Oui, je comprends, je vous rappelle dès que possible, à bientôt Barney.., s'entendit-elle répondre, éberluée.

— Mais, c'est…

Alison n'eut pas le temps de finir sa phrase, que la communication fut brutalement interrompue.

Très contrariée et plus anxieuse que jamais, elle rangea l'enveloppe dans son sac. Elle songea un instant à remonter dans son bureau pour rechercher le dossier sur l'agence *STARS*, mais elle n'en pouvait plus, elle remit cette tâche au lendemain. Elle démarra pour rejoindre Bel Air.

XIV

Une voiture s'était retournée sur le « freeway ». De jeunes Mexicains, apparemment éméchés, qui avaient fait une embardée, fonçant sur la rambarde, la musique de leur sono à fond ; personne ne bougeait plus dans ce qui restait du véhicule réduit à l'état de compression à la César. À quoi tient la vie… Alison, à l'arrêt au volant de sa voiture, repensa soudain aux mises en garde de l'inspecteur.

La police avait bloqué l'autoroute et l'embouteillage devenait gigantesque, à la taille de la cité des anges où tout prenait souvent des proportions plus qu'humaines. Épuisée par le stress et la fatigue, Alison arriva plusieurs heures plus tard à la villa. Le soir tombait sur la ville et la pénombre commençait à envelopper chaque chose dans son grand manteau sombre. Les gardes de la sécurité étaient absents. Elle gara sa voiture de travers, devant le garage, sans même prendre la peine de la rentrer. Elle était trop pressée d'être chez elle.

Elle enfonça la clef dans la serrure, mais s'aperçut que la porte n'était pas fermée. Frank devait être de retour. Soulagée par la présence de son mari, contre lequel elle avait à présent envie de se lover, elle franchit rapidement le hall d'entrée et l'appela, mais aucune réponse ne vint troubler le lourd silence de la soirée. Elle sentit soudain son cœur se serrer dans sa poitrine, fit deux pas en arrière, prise de panique, et, alors qu'elle s'apprêtait à sortir en courant, elle perçut brusquement la présence de quelqu'un derrière elle, juste à l'embrasure de la porte.

Elle poussa un cri de terreur strident, alors qu'une large main vigoureuse se posait sur son épaule…

— Eh bien, que t'arrive-t-il ? dit une voix qu'elle reconnut aussitôt, alors qu'elle frissonnait de tout son corps.

Elle se retourna brusquement et s'agrippa à son mari.
— Frank, c'est toi, tu m'as fait peur !

— Évidemment, c'est moi. Qui veux-tu que ce soit : le Diable, peut-être ?
Alison trouva cette plaisanterie complètement déplacée. Elle se dégagea brusquement de Frank et vint s'asseoir, les bras croisés, fâchée de sa propre peur, sur le sofa du living-room.

— Allons, ma puce, je ne pensais pas t'effrayer, pardonne-moi ! lui glissa Frank, qui l'avait déjà promptement rejointe et cherchait à l'enlacer.

— Ce n'est rien, je suis juste un peu nerveuse en ce moment, répondit-elle, cherchant à se calmer, mais restant rétive à ses avances.

Des larmes chaudes, provoquées sans doute par sa terreur de tout à l'heure, coulaient à présent le long des joues d'Alison. Frank, apparemment attendri, les sécha d'un revers de main, comme on le fait avec une petite fille, et il chercha la bouche d'Alison. Celle-ci la refusa.

— Effectivement… constata Frank. Qu'est-ce qui ne va pas ?

Il avait dit cela sur un ton très doux, qu'elle ne lui connaissait plus depuis bien longtemps. En cet instant, il avait à nouveau ce visage d'ange qui l'avait séduite, au début de leur rencontre. Si irrésistible, avec son regard bleu ciel pénétrant. Il avait l'air sincèrement bouleversé de lui avoir fait peur et de la voir si soucieuse. Il s'approcha à nouveau d'elle et lui caressa le menton. Elle prit une mine faussement boudeuse. Elle commençait à se détendre.

Elle pensa un instant tout lui avouer, ici et maintenant, mais elle se sentait si lasse qu'elle préféra remettre au lendemain.

— Regarde, ma puce, j'ai tout préparé : un vrai petit dîner d'amoureux ! dit Frank en montrant la table mise sur la terrasse, sur laquelle dansait la flamme d'une bougie. Atmosphère romantique, comme elle les aimait.

Alison parvint enfin à sourire. Elle retrouvait le Frank qui l'avait conquise.

— On en parlera demain, merci mon chéri, allons dîner ! lâcha-t-elle, rassérénée, prête à s'abandonner à lui. Elle n'avait jamais tant eu besoin de tendresse.

Frank lui fit l'amour avec une passion qu'elle ne lui avait connue qu'au début de leur rencontre, puis ils s'endormirent, l'un contre l'autre, comme avant. Alison n'était plus amoureuse de Frank, elle pensait trop à Max à présent, mais elle fit semblant. Elle se sentait néanmoins rassurée dans ses bras puissants et elle s'en contentait. Demain, elle lui raconterait tout. Il comprendrait. Elle avait été folle de vouloir tout affronter toute seule. Ils iraient voir la police et se mettraient sous leur protection.

Au milieu de la nuit, Alison se réveilla en sursaut. Alors qu'elle ne parvenait pas à retrouver le sommeil et se retournait pour la énième fois dans son lit, elle voulut se blottir contre son mari, mais sa main se borna à toucher un oreiller vide. Surprise, elle ouvrit les yeux. Frank n'était pas là. Elle se pencha sur la table de chevet pour lire l'heure. Le réveil indiquait près de quatre heures du matin.

N'entendant aucun bruit, elle se leva doucement, pour chercher son mari. Elle avança lentement dans la pénombre, et perçut soudain une conversation qui provenait du living-room.

Passant la tête en travers de la porte, elle aperçut Frank de dos, torse nu, sur le canapé. Il était au téléphone.

Alison s'apprêtait à venir s'installer doucement auprès de lui, pour lui faire une surprise, mais, à ce moment précis, elle entendit Frank s'adresser à son interlocuteur.

Elle tendit l'oreille malgré elle, afin de mieux entendre.

Frank murmurait dans le combiné.

— Écoute, chérie, je n'ai pas pu t'appeler avant… Mais oui, on fait comme prévu… Il faut être prudent… À demain.

Alison n'en croyait pas ses oreilles. Avait-elle bien entendu ? Il avait dit « chérie », elle en était sûre. Frank avait-il une autre femme dans sa vie ?

Elle regagna son lit sur la pointe des pieds, ne cherchant pas à écouter le reste de la conversation, tant elle avait le cœur noué, et n'osa plus bouger.

Elle entendit Frank descendre à la cave.

Par un réflexe insensé, elle attrapa son portable et envoya alors un SMS désespéré à Max, un message à un fantôme, à un corps dans le coma sur un lit d'hôpital, de l'autre côté de l'Atlantique… comme on jette une bouteille à la mer.

« SOS ! ! ! ! »

Désorientée et tremblante, Alison se décida à avaler un somnifère pour ne pas avoir à affronter le retour de Frank, pour ne plus penser tout simplement. Elle s'endormit peu après, alors que Frank ne semblait pas près de venir la rejoindre.

Elle rêva de Max, il était près d'elle, lui tenait la

main, l'assurait de son amour éternel, lui promettait qu'il ne l'abandonnerait jamais...

À huit heures du matin, le réveil sonna. Alison sursauta et vit Frank à côté d'elle ouvrir les yeux. Se pourrait-il qu'elle ait fait un cauchemar ? Elle voulut le croire un instant, mais, très vite, elle dut se rendre à l'évidence : la boîte de somnifères était bien sur sa table de nuit.

— Bonjour ma puce, bien dormi... Alors tu ne m'embrasses pas, ce matin ? claironna Frank, visiblement de très bonne humeur.

Alison serra les dents, prit sur elle et lui déposa un léger baiser sur les lèvres. Il l'entoura immédiatement de ses bras, mais, d'un geste habile, elle se dégagea, et partit se faire couler un bain.

De l'autre côté de la porte, elle entendit Frank se lever, et venir au-devant d'elle. Elle en eut froid dans le dos. Elle lui en voulait tellement ! Elle s'enfonça dans un bain de mousse, tandis que Frank la rejoignit dans la salle de bain et commença à se raser.

— Qu'est-ce que tu as prévu de faire aujourd'hui, Frank ? Tu as des rendez-vous ? lui demanda-t-elle, du ton le plus dégagé possible.

— Évidemment que j'ai des rendez-vous ! Je dois être au bureau dans une heure et j'ai une journée très chargée qui m'attend.

— Tu seras là, ce soir ?

— Non, désolé, ma puce, je dois filer à San Francisco, pour rencontrer mes nouveaux associés.

— Tu comptes monter une nouvelle affaire ?

— Ce que les femmes peuvent être curieuses ! Eh bien oui, c'était un secret, mais maintenant j'en ai trop dit ; effectivement, je suis sur un gros coup, avec des Japonais comme je te le disais, et des Français aussi… mais ne m'en demande pas plus, je ne peux pas encore en parler ! Et toi, que vas-tu faire de ta journée ?

— Je ne sais pas encore. Je vais passer voir des mécènes pour mon œuvre caritative, tu sais, et puis, après, je pense aller faire un tour en ville. Il paraît qu'il y a des soldes intéressantes en ce moment ! mentit-elle.

— Quelle bonne idée ! répondit Frank, visiblement peu intéressé par sa réponse. Je ne parviens pas à trouver mon sac de voyage. Tu n'aurais pas une idée de l'endroit où il se trouve ?

C'était le genre de question qui avait le don de l'exaspérer. Elle lui répondit cependant aussi aimablement qu'elle le put.

— Là où tu l'as laissé en rentrant : devant la porte du dressing !

— Qu'est-ce que je ferais sans toi ! Au fait, je n'aurai sans doute pas le temps de rentrer à L.A. ce soir, mais je t'appellerai depuis mon hôtel.

— Pas de problème. Et quand comptes-tu rentrer ?

— En principe, demain, en fin de soirée.

Après un café, Frank attrapa son sac, embrassa Alison, s'engouffra dans sa voiture et démarra rapidement.

Alison resta là un moment, désemparée, ne sachant plus que penser.

Comment avait-elle pu être dupe, être jouée par cet homme machiavélique, ce comédien qui avait eu encore l'audace, hier soir, de lui faire l'amour ? Cet homme, pour lequel elle avait sacrifié sa vie, son pays, sa carrière, Max… Il y avait une chose qu'elle supportait moins que tout le reste : c'était le mensonge, la trahison. Le dégoût montait en elle et déferlait dans son cœur, tel un ouragan irrésistible qui dévastait tout sur son passage : ses rêves, son idéal amoureux, ses illusions. Comme elle s'en voulait de s'être à ce point trompée !

Elle prit le temps de boire un deuxième café, réfléchissant à ce qu'il y avait lieu de faire, le cœur brisé, quand soudain, comme sans doute tant de femmes trompées, elle rejoignit sa chambre et se précipita sur les affaires de son mari. Chercher une piste, un indice. Après une heure de recherches, elle n'avait toujours rien trouvé. En revanche, elle en était sûre à présent, ce parfum, sur les costumes de Frank, n'était pas le sien. Un parfum de femme…

XV

Lorsque les portes de l'ascenseur de *CBS* s'ouvrirent à l'étage du service des « News », Alison fut d'abord surprise de l'excitation inhabituelle qui régnait dans les bureaux. Tout le monde semblait particulièrement agité.

Marc Chandler passa devant elle, faisant semblant ne pas la voir. Mais elle l'intercepta.

— Que se passe-t-il ici ?

— Il se passe qu'on est charrette et que, contrairement à certaines personnes qui peuvent se permettre de rêver dans les hautes sphères, il y en a d'autres qui se démènent, pour essayer de faire leur boulot correctement… lui lança-t-il sèchement.

— Qu'est-ce que tu veux dire par là ? répondit-elle, surprise par son impertinence.

— Je veux dire que tu te permets de faire des réflexions à tout le monde, mais que tu es la première à sauter sur l'occasion pour prendre le pouvoir. J'ai toujours su que tu n'étais qu'une arriviste !

— Je ne comprends pas, dit-elle, interloquée.

— Madame fait débarrasser les affaires du bureau du grand chef pendant le week-end pour y installer les siennes et elle prétend qu'elle ne comprend pas ! Laisse-moi rire, tu veux !

— Mais qu'est-ce que tu racontes ? s'exclama Alison.

— Ah, j'oubliais ! Quant à la « grosse Bertha » que tu as engagée pour remplacer Miss Spaulding, il faudrait commencer par lui expliquer comment fonctionne le standard, car c'est la troisième communication téléphonique qu'elle me coupe, et je ne suis pas le seul dans ce cas…

Chandler ne lui laissa pas même le temps de répondre. Il la bouscula et disparut dans son bureau.

Alison était stupéfaite. Elle ne comprenait rien au charabia de Chandler. Elle accéléra le pas pour rejoindre son bureau.

Alors qu'elle passait devant celui de John Hart, dont la porte était ouverte, elle reconnut, en effet, ses propres affaires. Elle s'arrêta, médusée.

Marc avait donc dit la vérité. Quelqu'un s'était chargé de déménager son bureau et celui de John.

À ce moment-là, une femme au fort embonpoint, étrangère au service, sans doute « la grosse Bertha », comme l'avait surnommée Chandler, vint à sa rencontre.

— C'est vous, Miss Parker ? lui dit-elle avec un accent allemand prononcé.

— En effet. Et vous, qui êtes-vous ?

— Je m'appelle Birgit Würz, je suis la remplaçante de Miss Spaulding.

— Et puis-je vous demander qui vous a engagée ?

— Ben, je ne sais pas, moi. C'est mon agence d'intérim qui m'a demandé d'être là ce matin.

La tête d'Alison se mit soudain à tourner, et elle jugea donc préférable d'aller s'asseoir dans ce qui semblait être son nouveau bureau… Elle se prit la tête entre les mains et se laissa glisser dans le fauteuil de John.

Puis elle se releva brusquement d'un bond, comme si une guêpe l'avait piquée.

— Miss Würz ! cria-t-elle à l'Allemande, restée interdite dans l'embrasure de la porte.

— Oui, madame ?

— Savez-vous où ont été transférées les affaires de Mr. Hart ? demanda Alison d'un ton sec.

— Un monsieur est venu les prendre, il y a une heure environ !

— Mais quel monsieur ? Comment s'appelait-il ? Comment était-il ?

— Il n'a pas dit son nom, il était habillé comme un coursier, pas très sympathique d'ailleurs… Il a aussi emporté le calepin de Miss Spaulding.

— Et vous l'avez laissé faire… A-t-il pris autre chose ? demanda Alison, tout en faisant des efforts démesurés pour garder son calme.

— Non, je ne crois pas.

Alison regagna le bureau de Hart, après avoir demandé à Birgit Würz de lui apporter de l'aspirine. Il n'y avait de toute façon rien d'autre à en tirer.

Elle téléphona à l'agence d'intérim, qui lui confirma qu'une personne se faisant passer pour Alison Parker les avait appelés la veille en fin d'après-midi pour leur demander de lui envoyer une nouvelle assistante dès ce matin.

De plus en plus perplexe, elle se demanda qui pouvait bien avoir intérêt à déplacer ses affaires et, par la même occasion, à emporter celles de John ? Se pourrait-il que ce soit l'inspecteur ?

Elle décida d'en avoir le cœur net et décrocha à nouveau son téléphone.

— Inspecteur Granger, j'écoute !

— Bonjour, inspecteur, Alison Parker.

— Que me vaut l'honneur de votre appel, Miss Parker ?

— Je voulais m'assurer que c'était bien vous qui aviez donné l'ordre d'emporter toutes les affaires se trouvant dans le bureau de Mr. Hart ?

— Je ne vois pas de quoi vous voulez parler.

— Écoutez, ce matin, en arrivant au bureau, j'ai trouvé toutes mes affaires transportées dans le bureau de John et les siennes avaient disparu. Un coursier serait venu les chercher, il aurait aussi emporté le calepin de Miss Spaulding.

— Avez-vous une idée de la personne qui aurait pu donner de telles instructions ?

— Aucune, inspecteur, mais il semble que cette personne veuille me faire porter le chapeau et, sans le témoignage de Miss Würz, je crois que personne ici ne voudrait me croire ! répondit Alison, visiblement à bout de nerfs.

— Qui est cette Miss Würz ?

— La soi-disant remplaçante de Miss Spaulding. Elle est arrivée ce matin, mais je n'ai aucune idée de la personne qui s'est chargée de l'engager. J'ai contacté son agence d'intérim et on m'a répondu qu'une femme les avait contactés en se faisant passer pour moi et en leur demandant d'envoyer quelqu'un d'urgence dès ce matin. Inspecteur, je ne comprends rien à ce qui se passe !

— Tout ce que je peux vous dire pour le moment, c'est qu'il faut que vous restiez très prudente. Quelqu'un semble vouloir vous impliquer de près ou de loin dans cette affaire et il me paraît de plus en plus probable que cette personne vous connaisse bien. Avez-vous remarqué s'il manque quelque chose dans vos affaires personnelles ou dans vos dossiers ?

— Non, je n'ai pas encore eu le temps de vérifier, mais je vous promets de le faire aussitôt après avoir raccroché et de vous tenir au courant.

— Surtout ne commettez aucune imprudence et restez sur vos gardes. Si vous le permettez, j'aimerais venir vous rendre visite à votre bureau, en fin de matinée ?

— Avec grand plaisir, inspecteur ! J'avoue que tout ce remue-ménage m'a quelque peu perturbée et que je serai contente de vous voir.

Alison raccrocha et se laissa tomber en arrière sur son siège. Elle était un peu soulagée d'avoir pu parler à quelqu'un qui l'avait crue, et il lui semblait que l'inspecteur serait peut-être maintenant le seul à pouvoir l'aider vraiment.

Elle décida de sortir dans le couloir, afin d'aller chercher un café au distributeur et de fumer une cigarette. L'agitation de tout à l'heure semblait s'être un peu apaisée. Quant à Miss Würz, elle paraissait très affairée à décrypter le fonctionnement du standard téléphonique de l'étage.

— Au fait, laissez tomber, pour l'aspirine.., lui glissa Alison, en passant.

— Quelle aspirine ? répondit Miss Würz, l'air hagard.

Alison leva les yeux au ciel.

Quand elle revint dans le bureau de John, qui maintenant ressemblait plus à son propre bureau, en plus grand, elle fut surprise de constater que la personne qui avait déménagé ses affaires avait pris la peine de les réorganiser exactement de la même manière. La photo encadrée la représentant le jour de son mariage était posée sur le coin de la table à gauche, légèrement en biais. Son plumier, pile au milieu de son écritoire ; c'était une maniaquerie dont elle avait pris l'habitude en intégrant les locaux de *CBS*. Elle trouvait cela certes idiot, mais, si tout n'était pas parfaitement aligné, elle ne parvenait plus à se concentrer pour écrire une seule ligne.

Elle ouvrit le tiroir de gauche et y trouva ses crayons, ses bloc-notes et son étui à cigarettes. Dans le tiroir de droite, elle ne fut pas surprise de retrouver son papier à en-tête, enveloppes et fournitures diverses, exactement rangés comme elle avait l'habitude de le faire. Même ses dossiers sur les étagères étaient classés de la même façon.

Pourquoi la personne qui avait opéré ce déménagement s'était-elle donnée tant de mal pour remettre chaque chose à sa place ?

Elle fouilla dans ses affaires et constata que le dossier sur l'agence *STARS*, que John lui avait confié le jour où il fut agressé, et classé « top secret », avait, lui, disparu. Elle n'en fut guère surprise. Elle essaya alors de se remémorer son contenu, mais elle n'avait fait que le feuilleter très rapidement.

Il lui fallut ensuite beaucoup de courage pour reprendre son travail et se concentrer, en attendant l'arrivée de Granger. Elle ne cessait de repenser à ce mystérieux dossier. Quelque chose la troublait, mais elle ne savait pas encore quoi.

Quand l'inspecteur se présenta à son bureau, Alison fut surprise de constater qu'il était déjà midi passé. Elle n'avait pas vu le temps s'écouler et elle n'était pas mécontente de l'accueillir.

— Miss Parker, je suis heureux de vous voir ! s'exclama l'inspecteur en s'asseyant en face d'elle.

— Pas autant que moi… et ce n'est pas une formule de politesse ! lâcha-t-elle, trouvant encore la force de plaisanter, tandis que sa voix trahissait son sincère soulagement.

Elle ressentait à présent une vraie sympathie pour Granger. Sa présence la rassurait. Elle percevait de plus en plus, sous sa carapace de flic un peu abrupt, un homme profondément humain, sincère, humble.

— J'ai de bonnes nouvelles ! Je reviens de l'hôpital et il semblerait que Mr. Hart aille beaucoup mieux, annonça l'inspecteur avec un franc sourire.

— Oui, j'ai appelé ce matin, je n'ai pas pu lui parler, mais l'infirmière de garde m'a dit qu'il commençait à reprendre doucement ses esprits, répondit Alison.

— Effectivement, mais il ne parvient pas encore à se remémorer l'agression.

— On m'a indiqué que son amnésie ne serait que passagère, mais je n'ai pas pu joindre le médecin pour en savoir plus.

— Il semblerait, d'après l'interne, que cette forme d'amnésie est très fréquente et qu'il y ait quatre-vingt-dix pour cent de chances pour qu'il retrouve toute sa mémoire dans les prochains jours.

— Mon Dieu, faites que ce soit vite ! lâcha Alison, qui commençait à entrevoir une lueur d'espoir.

— En attendant, Miss Parker, il me paraîtrait judicieux que vous preniez un petit peu de recul vis-à-vis de toute cette histoire. Pourquoi ne vous accordez-vous pas un peu de repos ? Je peux vous faire mettre sous surveillance. Votre principale préoccupation devrait être à présent de vous protéger, dit Granger d'un ton plus grave.

— Je n'ai aucunement besoin de protection et je crois que je serai plus utile ici pour vous aider à faire avancer l'enquête, répondit bravement Alison.

— Vous êtes mariée, n'est-ce pas ?

— Oui ! dit Alison, d'une voix blanche, après une seconde d'hésitation.

— Qu'en pense votre mari ? demanda malicieusement l'inspecteur.

— Inspecteur, mon mari n'est pas au courant. Il ignore même que je travaille. En fait, depuis notre arrivée à Los Angeles, il s'y oppose. S'il l'apprenait, je n'ose imaginer la scène qu'il me ferait.

— Et où se trouve-t-il à l'heure actuelle ?

C'était la première fois que l'inspecteur s'intéressait à Frank. Alison comprit qu'elle n'allait pas pouvoir garder longtemps un tel secret vis-à-vis de son mari. Était-il toujours son mari, d'ailleurs ? Un homme qui la trompait…

— Il est en déplacement, mais devrait rentrer demain soir, déclara-t-elle.

— Hum, je vois…

— Inspecteur, je vous en prie, ne lui dites rien !

— Pour l'instant, je vous promets d'être discret, mais, si j'étais à votre place, je ne tarderais pas trop à lui avouer votre double vie. Il finira bien par l'apprendre un jour ou l'autre.

Le zélé Ronald fit une entrée précipitée dans la pièce et tendit un portable à son supérieur.

— C'est pour vous, inspecteur, une urgence !

L'inspecteur se leva après avoir parlé brièvement à son interlocuteur.

— Désolé d'interrompre, Miss Parker, mais je dois partir tout de suite !

Il se retourna vers elle en partant et, sur le pas de la porte, rajouta :

— J'ai la curieuse impression que vous ne me dites pas tout, Miss Parker ! Un conseil : ne jouez pas au chat et à la souris avec moi. Il y va peut-être de votre vie !

Alison se mordit les lèvres. L'inspecteur était décidément très psychologue. Elle ouvrit la bouche pour s'exprimer, mais, alors qu'elle voulait répondre, aucun son ne parvint à sortir.

L'inspecteur et Ronald prirent congé et se dirigèrent à grands pas vers l'ascenseur.

— Inspecteur, c'est elle qui a fait le coup ! déclara Ronald avec emphase. C'est clair maintenant, c'était pour prendre la place de son boss…

— Ronald, considérez-vous Miss Parker comme une femme intelligente ? répondit l'inspecteur du tac au tac.

— Oui, c'est même une remarquable manipulatrice et, sauf votre respect, inspecteur, vous vous faites embobiner.

— Vous ne trouvez pas que c'est un peu gros, vous, toutes ces preuves qui semblent l'accabler ? Vous croyez que, si elle était l'assassin, elle aurait été assez stupide pour laisser sa propre écharpe autour du cou de sa victime ?

— Mais c'est là où elle est très forte justement et particulièrement cynique. Elle sait que vous n'y croirez pas ; c'est le meilleur moyen pour elle de se disculper. Et puis, il y a cette lettre anonyme…

— Quelle lettre ?

— Nous l'avons reçue tout à l'heure au commissariat. Elle accuse Alison Parker des deux meurtres. Elle révèle que celle-ci est, depuis le décès brutal de ses parents, devenue une psychotique bourrée de médicaments, qu'elle est sujette à des angoisses subites qui la rendent folle, à un dédoublement de personnalité. La jeune femme angélique cohabiterait avec un monstre prêt à tout pour assouvir ses ambitions. Elle n'en n'aurait d'ailleurs pas forcément conscience elle-même…

— C'est de la science-fiction ! Moi, je continue à penser qu'elle est en danger, même si je ne l'ai pas éliminée totalement comme suspecte. Bon, il faut qu'on file à Melrose Avenue. Il y a eu un meurtre.

XVI

Après le départ de l'inspecteur, Alison décida de rejoindre le *Cedars-Sinai Hospital*.

Quand elle pénétra dans la chambre de John, elle le trouva assis au bord de son lit, les pieds dans le vide. On aurait dit une poupée de chiffon. Alison était attristée de le voir ainsi, lui, le grand chef du service des « News » de *CBS*, que rien ni personne ne semblait pouvoir arrêter. Mais elle n'en laissa rien paraître.

Il la reconnut et ils échangèrent des sourires. Il avait encore du mal à s'exprimer.

— Bonjour, John ! Comment ça va ?

— Je me sens… très fatigué… murmura-t-il.

Elle s'assit à côté de lui et l'aida à s'allonger.

— Alison, que m'est-il arrivé ? se força-t-il à prononcer.

Une infirmière entra alors dans la pièce et demanda à Alison de ne pas parler au patient ; il n'était pas en état.

John se souleva et voulut protester, mais Alison l'interrompit.

— Ton dragon d'infirmière a dit qu'il fallait te reposer. Je vais revenir très vite, je te jure que nous trouverons ton agresseur !

Hart leva la main en signe d'adieu, puis referma les yeux. Celle-ci s'éclipsa.

Ayant rejoint le hall d'entrée de l'hôpital, Alison s'arrêta un instant devant le kiosque à journaux et fut alors stupéfaite par ce qu'elle y découvrit.

En première page de l'édition du jour du *Los Angeles Time*, elle reconnut la photo de James Smith. L'article titrait : « un homme retrouvé assassiné dans son loft sur Melrose Avenue ».

Elle se mit soudain à trembler et eut envie de vomir. Elle avait de plus en plus de mal à supporter tous ces meurtres. Il lui semblait qu'une malédiction planait sur elle. La mort rôdait autour de tous ceux qu'elle rencontrait ; le monde où elle vivait s'écroulait peu à peu comme un château de cartes.

Elle acheta le journal et sortit en courant de l'hôpital pour se réfugier dans sa voiture afin de lire l'article.

Voici ce qu'elle put lire :
« James Smith, photographe de mode pour l'agence *STARS*, vient d'être retrouvé mort chez lui, un coupe-papier planté dans le cœur. Il pourrait s'agir d'un crime

passionnel, le défunt entretenant des relations avec plusieurs femmes… »

L'article ne lui révélait rien de plus. Elle alluma une cigarette et composa immédiatement le numéro de Granger.

— Inspecteur, c'est Alison Parker.

— Oui, je vous ai reconnue ! Qu'y a-t-il ? Je suis pressé…

L'inspecteur bourru avait à nouveau remplacé le personnage tendre et humain qu'elle avait accueilli dans son bureau, quelque temps auparavant.

— Il y a que je viens de découvrir à la une des journaux l'assassinat de James Smith ! Je ne vous ai pas tout dit en effet, inspecteur. Ce Smith est venu me voir hier. Il avait des révélations à faire au sujet de Miss Spaulding.

— Maintenant, Miss Parker, vous allez arrêter de me cacher des choses, sinon je vous colle en garde à vue ! Si vous m'aviez prévenu plus tôt, une vie aurait peut-être été sauvée… s'exclama soudain Granger, visiblement furieux.

— Pardonnez-moi, inspecteur, Smith ne voulait pas que je prévienne la police… Je vous jure que cela ne se produira plus ! répondit Alison, d'un ton sincèrement bouleversé.

— Nous fonçons chez Smith. Rejoignez-nous à l'angle de Melrose et de la Cienega. Dépêchez-vous !

— Je suis actuellement au *Cedars-Sinai Hospital*. Ce n'est pas très loin, je vous rejoins dans une quinzaine de minutes.

Alison démarra aussitôt.

Dans la voiture de police qui fonçait vers Melrose Avenue, Ronald, qui n'avait rien perdu de la conversation de son chef avec Alison, s'enhardit cette fois et, goguenard, lança à Granger :

— Elle continue sa stratégie… Elle avoue qu'elle connaissait Smith avant qu'on ne le découvre nous-mêmes ! C'est elle le meurtrier et elle vous mystifie… Seriez-vous tombé sous son charme, inspecteur ?

— Vous allez la fermer, Ronald, ou je vous mute à Chicago ! Vous allez monter chez Smith pendant que je vais chercher Miss Parker. Je n'ai pas besoin de vous pour prendre mes responsabilités ! hurla Granger. L'inspecteur était déjà d'une humeur exécrable, mais, cette fois, la remarque déplacée de son adjoint l'avait mis hors de lui. Cependant, l'ombre du doute était soudain passée dans l'esprit de Granger : et si Ronald avait raison, s'il s'était trompé sur Alison ?

La voiture de police s'arrêta et Ronald descendit, l'air penaud.

Alison arriva vite dans le quartier de Melrose, celui des antiquaires et des galeries d'art. Elle aimait cet endroit artiste et branché de L.A., avec ses larges avenues, ses grands espaces design, ses lofts lumineux, où se côtoyaient des objets d'art et des antiquités du XVIIIe siècle français ou anglais et une déco contemporaine des plus avant-gardistes, ses restaurants en terrasses, ses librairies. Pour peu, elle se serait crue de retour en Europe.

Quand elle fut au niveau de l'adresse communiquée par Granger, elle aperçut soudain un attroupement de journalistes, qui s'agglutinaient tel un essaim d'abeilles devant la porte d'entrée. Elle décida de garer sa voiture deux rues plus loin, afin de ne pas se faire remarquer. Elle savait qu'il serait de plus en plus difficile de cacher sa double vie à Frank, mais elle ne tenait pas à ce qu'il découvre par hasard sa photo dans la presse ou dans un reportage télévisé. Elle devait avoir une vraie discussion avec lui avant, et pas que sur ce sujet d'ailleurs…

Elle s'affubla d'une paire de grosses lunettes noires et d'un foulard sur les cheveux et s'avança lentement. Une voiture banalisée s'approcha alors de l'immeuble à vive allure et s'arrêta juste devant elle.

— Montez vite, Miss Parker ! Inutile de vous faire remarquer.

Alison reconnut avec soulagement la voix de l'inspecteur et s'engouffra rapidement dans le véhicule de police.

— Merci, inspecteur ! dit Alison avec gratitude.

— Ne me remerciez pas, je ne fais que mon boulot et je ne tiens pas à ce que l'assassin, s'il rôde encore dans les parages, puisse vous prendre comme cible, répondit sèchement Granger. Il n'avait toujours pas digéré les cachotteries d'Alison.

Il rajouta, plus doucement :
— Et enlevez ce déguisement ridicule…

— Comment m'avez-vous reconnue ?

— Disons que moi c'est mon métier, alors que vous, je vous conseillerais de rester dans le journalisme, plutôt que de jouer aux agents secrets !

Alison ne répliqua pas. Elle se sentait à présent un peu honteuse devant Granger. Mais sa curiosité l'emportait sur tout ; elle ne pouvait s'empêcher de chercher à mener aussi l'enquête à sa façon.

— Vous connaissiez les activités de James Smith ? demanda-t-elle.

— Ce monsieur est fiché chez nous depuis plusieurs années, pour des affaires de mœurs, mais jusqu'à présent nous n'avions pas réuni assez de preuves pour l'inculper de quoi que ce soit.

— De quelles affaires de mœurs s'agissait-il ?

— De prostitution entre autres, mais, à l'heure actuelle, nous n'en savons pas beaucoup plus. Si vous me racontiez plutôt dans quelles circonstances vous avez rencontré ce drôle de personnage ?

— Je vous l'ai dit : il m'a téléphoné en me demandant de lui accorder un entretien et il m'a juste indiqué qu'il travaillait pour un client, dont il n'a pas voulu me dévoiler le nom. Ce client avait pour maîtresse Kimberley, la sœur jumelle de Miss Spaulding, et il s'inquiétait de ne pas avoir de ses nouvelles ! Celle-ci avait disparu le jour même de l'assassinat de sa sœur. Et puisqu'on en est aux confidences, inspecteur, je crois avoir rencontré par hasard cette Kimberley, hier soir en sortant du bureau.

— Comment cela ? demanda Granger.

— J'allais regagner ma voiture lorsque qu'une femme à l'attitude étrange a attiré mon attention. Je me suis machinalement approchée. Elle était au téléphone ; la conversation paraissait animée, elle était très nerveuse et, lorsqu'elle s'est retournée, j'ai été stupéfaite de sa ressemblance avec Mary Spaulding.

— Qu'avez-vous fait ensuite ?

— J'étais tellement troublée que je suis remontée machinalement dans ma voiture et je suis partie.
— Hum, tout cela me semble étrange.

— Que voulez-vous dire ?

L'inspecteur ne répondit pas et demanda au chauffeur de rentrer dans l'immeuble par le parking, afin de ne pas devoir faire face à la horde de photographes devant le hall d'entrée.

— Inspecteur, ce n'est pas tout. Peu avant son agression, John m'avait confié un dossier très confidentiel. Et il se trouve que ce dossier a disparu. Je n'avais pas eu le temps de l'étudier mais je me rappelle l'avoir feuilleté et y avoir lu le nom de l'agence *STARS*, celle-là même pour laquelle James Smith travaillait.

— Effectivement, voici une autre coïncidence surprenante ! Êtes-vous sûre de m'avoir tout dit maintenant, Miss Parker ? Je ne vous cache pas que je ne sais plus si je dois vous croire…

L'inspecteur, Alison et l'agent qui conduisait la voiture prirent l'ascenseur depuis le parking et finirent par arriver dans l'appartement de James Smith, y rejoignant Ronald qui les avait devancés en montant par l'escalier.

Alison découvrit avec stupéfaction le mobilier très design et les tableaux de photographes connus qui couvraient les murs. James Smith vivait dans le luxe et il était évident que son métier de photographe (ou même de consultant pour le Consulat de France, comme il l'avait confié à Alison) ne pouvait suffire à entretenir un tel train de vie.

L'appartement était un vaste loft dont la baie vitrée permettait d'avoir une vue plongeante sur la ville. Depuis celui-ci, dans les collines au loin, on pouvait même apercevoir les célèbres lettres « Hollywood », qui s'étendaient avec majesté sur la cité du rêve. Il était très bien entretenu et chaque objet d'art avait sa place, mais, lorsqu'ils entrèrent dans ce qui semblait être un studio photo, ils furent surpris de voir le désordre qui y régnait. Tous les books de mannequins avaient été jetés violemment à terre et certaines photos arrachées.

L'inspecteur ordonna aux policiers de fouiller le loft au peigne fin et de lui rapporter au plus vite toutes les photographies et les négatifs à son bureau.

Ronald tira alors Granger par la manche.
— Inspecteur, je voudrais vous parler en privé…

— Pardonnez-moi, Miss Parker, le secret de l'instruction ! Veuillez nous laisser seuls, mais attendez-moi à la porte de l'appartement, je tiens à vous raccompagner moi-même.

— C'est trop aimable ! répondit-elle, non sans en avoir jeté un regard noir à Ronald.

Elle sortit du studio photo.

Ronald tendit alors à l'inspecteur un paquet de photos.

— On vient de les retrouver chez Smith.

Granger découvrit plusieurs clichés de Kimberley dans des tenues fort déshabillées et des attitudes suggestives et surtout, à son grand étonnement, plusieurs prises de vue d'Alison au téléobjectif, la montrant dans différentes scènes de sa vie quotidienne ou à son bureau.

— Quoi d'autre ? demanda Granger, bougon.

Ronald brandissait l'arme du crime, sanguinolente dans un sac plastique.

— Eh bien, parlez ! vociféra l'inspecteur.

— Le labo a clairement déterminé que ce coupe-papier provient du bureau de Miss Parker ! Vous avez besoin d'autres preuves pour inculper cette folle ? asséna Ronald, triomphant.

Granger, dubitatif, rejoignit Alison devant la porte d'entrée.

— Pouvez-vous me dire au moins si vous êtes sur une piste ? lui demanda-t-elle immédiatement.

— Non, Miss Parker, mais je sais qu'il faut que vous redoubliez de vigilance. Je vais vous faire raccompagner à votre voiture par l'un de mes agents. Encore une fois, Miss Parker, je vous propose de mettre à votre disposition une protection rapprochée…

— Je n'ai pas envie d'avoir deux policiers qui campent devant ma porte ! Et puis, mon mari ne comprendrait pas… je dois lui parler, avant… répondit-elle, ennuyée.

— Souvenez-vous, Miss Parker, la vie ne tient qu'à un fil ! lâcha Granger, l'air lugubre. Malgré lui, des images insupportables, qu'il cherchait à refouler, remontaient à la surface : celles de ses larmes coulant comme une rivière aux obsèques de sa fille.

Alison disparut, suivie par un agent, qui la raccompagna jusqu'à sa voiture. Elle démarra en trombe. Au volant de son cabriolet, les cheveux au vent, elle fonçait dans Los Angeles, concentrée, essayant de se rappeler ce qu'elle avait entrevu dans le dossier confidentiel sur l'agence *STARS* que lui avait laissé Hart. Mais ses souvenirs étaient trop flous ; il lui semblait qu'il s'agissait d'une histoire mêlant prostitution et drogue, mais elle ne parvenait pas à se remémorer le moindre détail qui pourrait l'aider à éclaircir cette affaire. Elle se souvint seulement que cette histoire lui avait alors curieusement paru ressembler au trafic de cocaïne qu'elle avait découvert chez *France-Télévisions*, juste avant son départ.

Elle ne s'aperçut pas qu'une voiture l'avait suivie jusqu'à Bel Air. Lorsqu'elle arriva devant chez elle et ouvrit le portail automatique, cette dernière se gara un peu plus loin, en face.

Alison courut jusqu'à la porte d'entrée, tourna la clé dans la serrure et ouvrit. Elle fut surprise que tout le personnel soit déjà parti. La maison était vide, son mari ne semblait toujours pas être rentré. Soudain, elle entendit le son de la chaîne hi-fi, restée allumée dans le salon.

— Frank, si tu es là, cette fois, ne joue pas à cache-cache ! hurla-t-elle, peu rassurée.

Personne ne répondit. Elle alla éteindre la chaîne hi-fi. Presque machinalement, elle revint fermer la porte d'entrée à double tour, vérifia que toutes les portes et fenêtres étaient closes et enclencha les verrous automatiques de sécurité de la villa.

Elle se dirigea vers le bureau attenant au salon, s'y installa et alluma l'ordinateur. Enfin un moment de répit.

Elle écrivit fiévreusement une nouvelle lettre à Max. Elle savait que c'était peine perdue ; elle ne la lui enverrait pas. Mais elle avait besoin de se confier à lui. C'était pour elle comme une thérapie. Elle devait évacuer son stress, parler à son double comme à elle-même.

« Max, mon doux Ange,

À l'heure où tu liras cette lettre, je ne serai sans doute plus de ce monde, ou alors, si tu ne la lis jamais, c'est que tu te seras toi aussi envolé, et que je serai venue te rejoindre dans l'au-delà.

Je sais que je n'ai que ce que je mérite et que tu m'avais bien prévenue de ma folie. Tu l'as peut-être payé de ta vie et je m'en sens responsable.

Depuis que je suis à L.A., outre le fait que j'ai perdu avec toi le seul amour qui comptait pour moi, il se passe en effet des choses bizarres et je me trouve prise dans un tourbillon auquel je ne comprends rien. Un étau implacable se resserre sur moi, dont je ne peux me libérer, même si je vois bien que ma vie est en danger et que l'issue semble fatale.

Je me suis remise à travailler, en cachette de Frank, pour CBS News *et, depuis, je ne vois autour de moi que des meurtres inexplicables, mais qui tous paraissent avoir un seul lien commun : ma modeste personne. Le* serial killer *semble en effet prendre un malin plaisir à jouer avec moi, à chercher à accumuler des preuves pour me faire porter le chapeau de tous ces meurtres. Heureusement, l'inspecteur chargé de l'enquête, un certain Peter Granger, un type bien, n'a pas été dupe. Aujourd'hui, j'ai la sensation que l'assassin n'a plus qu'un choix, je ne sais pourquoi, celui de finir par m'éliminer.*

Je n'ai personne ici en qui je puis avoir vraiment confiance. Au début, je voulais me confier à Frank. J'ai un peu tardé car j'hésitais à lui révéler que j'avais repris mon métier de journaliste, ce qu'il désapprouvait, jusqu'à ce que je découvre que cet homme menait une double vie. Il a une maîtresse et passe son temps à entreprendre des voyages obscurs. Je vis avec un étranger, que je n'aime pas, et qui passe sa vie à me mentir.

Je ne sais combien de temps il me reste à vivre. Mais je voulais que tu saches que je t'aime, que je n'ai jamais cessé de t'aimer et que je t'aimerai toujours, dans ce monde ou dans l'autre. Pardonne-moi, je t'en supplie ! J'ai fait le mauvais choix, et je vais maintenant l'assumer. Bien sûr, je pourrais fuir, prendre l'avion, mais je n'ai personne outre-Atlantique à part toi, amour de ma vie, et ton corps est dans le coma. Alors je m'adresse aujourd'hui à ton esprit qui peut peut-être voyager et dont je veux croire qu'il est en ce moment à mes côtés… Et puis, il y a ici quelqu'un que je ne veux pas laisser tomber, John Hart, le chef du service des « News » de CBS, *un homme que j'estime profondément, victime d'une agression et actuellement à l'hôpital. Je lui ai promis de ne pas le lâcher et de dénicher le meurtrier.*

Je sens cependant que les forces m'abandonnent, mon Ange. Je me sens si seule, la machination en face de moi est si machiavélique.

Encore une fois, je prie Dieu. Aidez-moi, je vous en supplie. Pardonnez ! Sauvez-moi, sauvez mon amour…
J'en appelle aux âmes de mes parents bien-aimés. Ne laissez pas le monstre faire son œuvre. Je sais que le Diable est difficile à combattre, mais je crois qu'il ne peut rien contre une muraille faite d'amour sincère.

Déploie tes ailes, mon Ange, et, comme tu l'as toujours fait depuis que nous sommes enfants, viens à l'aide de ton âme sœur.

Reviens, mon Ange, réintègre ton corps, viens me sauver...

Alison, à toi, à jamais. »

Au même moment, si un observateur attentif s'était glissé dans une salle aseptisée de l'hôpital Pompidou à Paris, il aurait peut-être pu apercevoir, sous un drap qui recouvrait un corps immobile d'où sortaient de multiples fils reliés à des machines de survie, les doigts d'une main qui tremblèrent légèrement…

Dans la cité des anges, Alison se leva et, comme elle l'avait fait pour la précédente lettre, glissa celle-ci derrière le cadre de la photo d'elle et de Max, adolescents, escortés par ses parents, puis rangea soigneusement l'objet dans son placard.

Elle sentit soudain qu'il fallait absolument qu'elle se repose. Elle n'en pouvait plus. Elle avait si peu dormi la nuit précédente.

Elle aperçut bien alors le clignotant du répondeur, indiquant qu'il y avait un message, mais ne prit pas la peine de l'écouter, tant elle était harassée par l'émotion des évènements de la matinée. Il était presque deux heures de l'après-midi. Elle n'avait pas encore déjeuné, mais ne trouvait pas non plus la force de cuisiner.

Elle prit un somnifère, puis s'allongea sur le divan du salon et s'assoupit en moins de cinq minutes. Elle ne fut réveillée qu'en fin d'après midi, en sursaut, par la sonnerie du téléphone. Elle décrocha aussitôt.

— Allô !

— …

— Allô ! ! ! répéta-t-elle.

Mais personne ne daigna répondre et elle raccrocha, troublée. Cet appel la perturbait à nouveau, mais elle avait un peu récupéré. Elle était déterminée maintenant à continuer ses investigations au plus vite.

C'est là que son attention fut attirée par le clignotant du répondeur.

C'était un message de Frank :
— Ma puce, pas de bol, je ne pourrai pas rentrer ce soir ; mon client m'a posé un lapin et a reporté son rendez-vous à demain matin…
Alison trouva son excuse minable. Elle en était sûre à présent : Frank désirait passer la nuit avec sa maîtresse !

Elle téléphona à l'hôpital pour prendre des nouvelles de John Hart, mais l'infirmier de service lui répliqua assez sèchement que Mr. Hart était déjà probablement endormi. Elle insista pour avoir quelques renseignements supplémentaires sur son état de santé, mais ce dernier resta très évasif. Il finit par lui préciser qu'il n'était pas habilité à lui donner de tels renseignements, d'autant qu'elle n'était pas parente du malade. Il raccrocha sans même se donner la peine de lui dire au revoir.

Elle était surprise par tant de mauvaise volonté et par un tel comportement venant de la part du milieu hospitalier. Elle décida de repartir pour l'hôpital.

Alison monta dans sa chambre, prit une douche rapide et se changea, avant de rejoindre sa voiture. Mais, lorsqu'elle voulut démarrer, le moteur refusa obstinément de se mettre en marche.

Elle s'apprêtait à décrocher son portable pour appeler un taxi lorsque, par bonheur, elle en vit passer un au ralenti. Il venait sans doute de déposer quelqu'un dans une villa alentour. Elle lui fit signe et monta à l'arrière. Elle n'eut pas le temps de réagir que le conducteur actionna le verrouillage automatique des portes. Un personnage étrange se retourna alors, un pistolet à la main, et lui ordonna de ne pas bouger.

Celui-ci arracha sa perruque et ses lunettes fumées. Alison manqua de défaillir en découvrant ce visage.

— Comme on se retrouve. C'est drôle, non !

— Mais qui êtes-vous ?

— Ne fais pas l'imbécile, tu sais très bien qui je suis. Tu as la mémoire courte à ce point ?

— Vous êtes Kimberley, c'est bien ça !

La diabolique jumelle ne prit pas la peine de répondre et éclata d'un rire grossier, tout en composant un numéro de téléphone.

— Oui, elle est en face de moi. Tu sais pas la meilleure, elle me prend pour Kimberley ! dit-elle à son interlocuteur.

— Mais alors, si vous n'êtes pas Kimberley, vous êtes…

Elle n'eut pas la force de terminer sa phrase.

— Oh, comme elle est maligne. Elle a deviné que, si je n'étais pas ma propre sœur, ça ne pouvait être que moi. Bravo !

— Mais, Mary, je vous ai vue dans ma voiture ; vous étiez morte !

— Et maintenant, je suis ressuscitée. Elle est pas belle la vie ?

Puis elle éclata de rire à nouveau.

— Tu ne peux décidément pas t'empêcher de fourrer ton nez dans les affaires des autres. T'es bien comme les autres. Une sale garce !

Tout en la menaçant de son arme, elle lui ordonna de sortir du véhicule.

— Où m'emmenez-vous ?

— Rejoindre ma frangine !

3e PARTIE

Anges et Démons

« L'humanité pleine d'amour
est une force redoutable,
à nulle autre pareille. »
Dostoïevski, *Les Frères Karamazov*

XVII

Il devait être près de huit heures du matin lorsque Granger sortit de chez lui. Le temps était encore brumeux, mais il savait que la température de la journée promettait d'être particulièrement torride.

Le soleil implacable allait à nouveau frapper la cité des anges, et les démons seraient excités par sa morsure. Le combat que le Mal allait livrer au Bien s'annonçait sans merci.

La rue grouillait d'une foule éparse, dans le quartier étudiant de Westwood village où vivait l'inspecteur : touristes avachis dans les cafés, joggeurs en exercice, grappes de jeunes gens en rollers, semblant sortir de nulle part… D'ordinaire, Granger adorait observer ses condisciples, mais aujourd'hui il était particulièrement préoccupé.

Il pénétra dans le *Moustache Café*, un café typiquement français qu'il affectionnait particulièrement pour son ambiance feutrée et dont il avait coutume de dire que c'était son repaire préféré. Il chercha plusieurs fois à appeler Alison Parker, mais ne réussit à joindre que son répondeur. Il avala plusieurs cafés et parcourut le journal sans conviction. L'angoisse commençait à lui serrer la gorge et il fut près de commettre une action qui lui était formellement interdite : commander un scotch.

Il y renonça finalement et ressortit du café encore plus inquiet, ne quittant pas sa montre des yeux. Depuis hier après-midi, il était toujours sans nouvelles d'Alison Parker. Curieuse comme elle était, se disait-il, elle aurait déjà dû l'appeler pour s'enquérir des derniers développements de l'enquête.

Il se dirigea vers sa voiture et démarra aussitôt pour le commissariat, après avoir allumé le gyrophare. Tout en roulant, il se demanda finalement si son adjoint n'avait pas raison. Peut-être avait-il au fond développé une certaine sympathie pour cette Alison, qui brouillait son discernement. Elle lui rappelait tellement sa propre fille ! Même fraîcheur, même sincérité dans le regard, même désespérance aussi… Il n'avait pas réussi à sauver la première. Cela avait brisé sa vie. C'était, depuis les faits, la première fois que cela lui arrivait dans l'exercice de ses fonctions, de s'impliquer aussi affectivement dans une affaire. Il se surprenait à hurler sur Ronald, à prendre tout trop à cœur, à ne plus avoir le recul qu'il savait nécessaire à un inspecteur de police. Il était temps, sans doute, qu'il laisse la place aux jeunes.

Arrivé au commissariat, l'inspecteur Granger tenta de chasser ses idées noires et traversa le hall d'entrée en faisant claquer les deux portes battantes derrière lui. Il arriva dans un *open space* où s'agitaient de nombreux policiers en civil et uniformes.

— Salut la compagnie ! lança l'inspecteur, se forçant, après s'être raclé la gorge, à prendre un ton enjoué.

Il s'installa à son bureau et appuya sur une touche de son téléphone.

— Jackie, je veux voir Ronald tout de suite dans mon bureau… et un café serré, s'il vous plaît (c'était le quatrième de la matinée) ! demanda Granger, rentrant à nouveau dans son rôle.

Ronald frappa à la porte.

— Entrez !

— Vous vouliez me voir ?

— Quoi de neuf au sujet de Kimberley ?

— Rien de nouveau, inspecteur, mais une chose va vous intéresser. On s'est aperçus, en consultant les talons des carnets de chèques du photographe, que plusieurs chèques étaient à l'ordre de Kimberley et d'autres sont simplement annotés *CBS*. Pour l'instant, le service comptabilité de la chaîne ne retrouve pas trace de ces versements. Il est probable que ceux-ci étaient effectués en fait sur le compte personnel d'un employé de *CBS*…

— Des nouvelles d'Alison Parker ?

— Non, aucune, mais c'est vous qu'elle appelle en général… répondit malicieusement son adjoint.

— Je ne parviens pas à la joindre, répondit Granger d'un ton neutre et atone, cette fois sans répliquer à la nouvelle pique de son adjoint. Voulez-vous, je vous prie, la faire rappeler toutes les demi-heures ?

— Vous rangeriez-vous enfin à ma thèse, inspecteur ? dit Ronald dans un sourire. Ne serait-ce pas elle, finalement, l'employée de *CBS* qui se faisait virer l'argent ? Elle tirait les ficelles et s'est maintenant évaporée…

Granger ne répondit pas. Il avait un mauvais pressentiment. Il prit un crayon et le mâchonna nerveusement. C'était sa façon à lui de se concentrer.

Soudain, Granger bondit de sa chaise, comme piqué par une mouche. Ronald eut un mouvement de recul.

— Avez-vous fait réautopsier, comme je vous l'avais demandé, le corps de Miss Spaulding ? demanda l'inspecteur.

— Nous n'avons pas encore tous les résultats. Nous attendons encore les photographies dentaires que vous vouliez ; son dossier complet devrait nous parvenir dans la matinée.

— C'est urgent. Faites-le-moi parvenir dès que possible. Si mes soupçons s'avèrent exacts, Alison Parker est en danger.

Ronald leva les yeux au ciel. Son chef était décidément un vieil obstiné, mais il prit congé pour obéir à contrecœur à ses instructions.

Une heure plus tard, l'officier Manson, spécialisé en photographie, ne se donna pas la peine de frapper avant d'entrer dans le bureau de Granger.

Il avait déjà trente ans d'ancienneté dans la maison et son côté sans gêne était toujours atténué par sa bonne humeur légendaire. Grand, les cheveux poivre et sel, il ne s'était jamais résolu à vieillir et avait toujours un détail vestimentaire qui lui donnait l'impression d'être un éternel adolescent. Aujourd'hui, c'était sa casquette de base-ball préférée qu'il arborait fièrement, vissée à l'envers sur son crâne.

— Eurêka, inspecteur, j'ai trouvé ! clama Manson.

L'inspecteur Granger scruta avec attention les deux photographies de panoramiques dentaires que Manson lui tendait.

L'une provenait du dossier dentaire de Mary Spaulding que Manson avait pu récupérer, malgré la réticence de son dentiste traitant, l'autre de la nouvelle autopsie du cadavre trouvé dans la voiture d'Alison. Celles-ci, bien que peu différentes, ne correspondaient pas exactement.

Soudain, ses yeux se mirent à briller de colère.

— Ces panoramiques prouvent bien que le corps n'est pas celui de Mary Spaulding, c'est celui de sa jumelle, Kimberley ! Mary a usurpé son identité… s'étrangla l'inspecteur d'une voix blanche.

Il se leva de son fauteuil à la vitesse de l'éclair, sortit de son bureau et s'adressa d'une voix tonitruante à l'agent en faction devant sa porte, qui sursauta et se mit au garde-à-vous devant lui.

— Ne restez donc pas planté devant moi bêtement ; allez me chercher Ronald et dites-lui qu'il amène deux autres agents avec lui !

L'agent, pétrifié, ne bougeait pas.

— Exécution ! vociféra Granger.

L'officier Manson et l'inspecteur Granger s'installèrent à l'arrière d'une voiture de police qui se mit à rouler à grande vitesse, gyrophare et sirène allumés. Une deuxième voiture les suivait, dans laquelle avait pris place Ronald avec deux agents.

Manson sortit ses notes et commença à narrer à Granger, comme à son habitude, d'un ton quelque peu solennel et empreint d'un mystère volontaire (ce qui avait le don d'exaspérer l'inspecteur), les recherches qu'il avait effectuées sur les sœurs Spaulding.

À la suite d'un accident de leurs parents, les sœurs jumelles Spaulding étaient devenues orphelines à l'âge de quatorze ans. Une vieille tante avait été désignée comme tutrice, mais elle ne se serait pas beaucoup occupée d'elles, ni de leur éducation. Six mois après la disparition de leurs parents, livrées à elles-mêmes, elles auraient commencé à sortir, à vivre la nuit.

Manson avait interrogé une voisine, une certaine Mrs. Stanson. Cette dernière avait eu pitié de leur cas. Elle rapportait avoir essayé de sympathiser avec elles, afin de pouvoir leur apporter un peu de tendresse « maternelle ». Mais les deux jeunes filles ne semblaient pas vouloir en tenir compte et avaient vite fait de lui faire comprendre qu'elles ne désiraient pas son aide, et encore moins sa tendresse. Mrs. Stanson n'avait pu, malgré tout, se résigner à les abandonner, ayant compris que souvent les deux sœurs se disputaient violemment.

Un jour que les éclats de voix paraissaient être plus forts qu'à l'accoutumée, Mrs. Stanson s'était précipitée chez les deux sœurs pour essayer de les calmer. Après qu'elle eut tambouriné longtemps à leur porte, elles s'étaient enfin décidées à lui ouvrir et s'étaient toutes deux mises à l'insulter, lui intimant l'ordre de ne plus jamais se mêler de leurs affaires. Puis elles lui avaient claqué la porte au nez. Mrs. Stanson était restée là un moment sans bouger, interdite, et puis elle avait entendu leur dispute reprendre, mais en sourdine cette fois. Elle avait cru comprendre que c'était au sujet d'un homme. Peu de temps après, elles avaient réglé leurs « deux loyers » et avaient brusquement déménagé.

— Nous arrivons au domicile de Kimberley, inspecteur, interrompit l'agent qui conduisait le véhicule.

— Arrêtez-vous et attendez, demanda l'inspecteur.

Granger, Manson, Ronald et deux agents entrèrent dans un immeuble cossu, montèrent au dernier étage par un long escalier en colimaçon un peu grinçant et se trouvèrent bientôt enfin sur le palier de l'appartement de Kimberley.

Mais malgré les coups de sonnette, comme Granger s'y attendait, personne ne vint ouvrir.

L'agent tambourina à la porte.

— Police ! Ouvrez !

Toujours aucune réponse.

— Ronald, appelez un serrurier en vitesse et joignez aussi le manager de l'immeuble, ordonna l'inspecteur.

Lorsqu'ils pénètrent chez Kimberley, ils découvrirent un appartement aux couleurs criardes, d'une centaine de mètres carrés, relativement en ordre, à la décoration soignée bien qu'un peu trash. Des cadres contenant des photos de Kimberley assez osées étaient disposés sur la commode en bois laqué chinois de l'entrée. La chambre à coucher, plus tape-à-l'œil que toutes les autres pièces, semblait être celle à laquelle Kimberley avait attaché le plus d'importance. Un couvre-lit en peau de léopard se reflétait sur le miroir du plafond, des rideaux en taffetas or encadraient les fenêtres, une douzaine de bougies rouges étaient posées à même le sol dans la pièce.

— Je vous l'avais dit, inspecteur, il n'y a personne. Mrs. Spaulding a disparu depuis plus d'une semaine, indiqua le manager, qui était arrivé hirsute.

— Vous avez trouvé un indice ? demanda Granger à Ronald, qui avait déjà fait le tour du propriétaire.

— Rien du tout, inspecteur, même le répondeur ne contient aucun message.

— Bon, pour l'instant on va quitter ce petit nid d'amour… Prenez bien soin de refermer la porte à clé derrière nous.

Granger et Manson rejoignirent la voiture, garée devant le domicile de Kimberley. Ils attendirent environ une heure. Ronald était resté en haut.

Soudain, au bout de la rue, comme l'espérait l'inspecteur, apparut la silhouette d'une femme sèche portant de grosses lunettes fumées et une perruque blonde.

— Je vous parie que c'est elle… Prévenez Ronald ! dit Granger.

— Ronald, elle arrive ! Cachez-vous et tenez-vous prêts à intervenir, indiqua Manson dans son talkie-walkie.

Mary Spaulding s'engouffra dans l'immeuble. Elle gravit nerveusement les escaliers et, au moment où elle introduisait les clés dans la serrure du domicile de Kimberley, fut appréhendée par Ronald et deux agents, qui avaient attendu son arrivée en silence, tapis à l'étage du dessus.

— Pas un geste, Mary Spaulding, vous êtes en état d'arrestation ! lui signifia Ronald, très fier de lui, en lui plaquant un colt dans le dos, avant de lui rappeler ses droits.

— Vous faites une regrettable erreur, jeune homme, je m'appelle Kimberley et ma regrettée sœur, paix à son âme, n'est plus de ce monde… répliqua Mary, surprise.

— Nous avons tout découvert, Mary, comment vous aviez assassiné votre jumelle et pris son identité, suivez-nous sans opposer de résistance, j'ai un mandat d'arrêt contre vous ! lui asséna Ronald en brandissant le document officiel.

Contre toute attente, elle arracha alors sa perruque et ses lunettes noires et partit soudain dans un éclat de rire mauvais, qui déconcerta l'adjoint de Granger, l'espace d'un instant ; la forcenée en profita pour se dégager et se ruer dans la cage d'escalier en hurlant. Elle fut vite rattrapée et plaquée au sol par un agent qui la menotta.

Mary Spaulding sortit, menottes aux poignets, entre les deux agents, et fut conduite par Ronald à Granger, qui descendit avec Manson de la voiture de police pour venir à sa rencontre.

— Et voilà le travail, inspecteur, je l'ai arrêtée moi-même ! s'exclama Ronald.

— Une seule question, Miss Spaulding : où est Alison Parker ? demanda immédiatement l'inspecteur.

— Mais chez elle, inspecteur, chez elle… Enfin, son corps, car, pour le reste, je crains que vous n'arriviez trop tard… Elle n'aura eu que ce qu'elle mérite, cette petite garce !

Mary Spaulding eut à nouveau une crise de rire compulsif, qui ne s'arrêtait plus, un rire démoniaque.

— Amenez-la au poste, Ronald, commencez à prendre sa déposition. Je fonce à Bel Air ! hurla Granger.

Avant de refermer la porte de la voiture, Granger, essoufflé, ne put s'empêcher de lancer à Ronald :

— Au fait, vous croyez toujours à la culpabilité d'Alison Parker ?

La voiture démarra en trombe, laissant Ronald sans voix.

XVIII

Arrivée au poste de police, Mary Spaulding, qui avait refusé la présence d'un avocat, se montra soudain très coopérative. Bizarrement, elle semblait même retirer, de l'attention qu'on lui portait soudain, une certaine fierté. Elle ne tarda pas à avouer, avec une visible délectation, la sordide mise en scène du meurtre de sa sœur et les mobiles qui l'y avaient poussée.

Étant donné que Mary et Kimberley étaient de vraies jumelles, enfants, il était quasiment impossible de les différencier. Mais, à l'adolescence, Kimberley se révéla être beaucoup plus aguicheuse et délurée que sa sœur. Elle savait se mettre en valeur, faisait la fête, alors que Mary se renfermait peu à peu sur elle-même. Kimberley avait tous les hommes à ses pieds et, avec le temps, le sentiment de jalousie de Mary pour sa sœur se transforma en aigreur. Alors qu'elles venaient de fêter leur vingtième anniversaire, un épisode brisa définitivement le peu de complicité qui existait encore entre les deux sœurs. Mary, depuis l'adolescence, était amoureuse d'un garçon, mais celui-ci ne lui prêtait aucune attention. Kimberley ne trouva rien de mieux à faire que de le séduire. Mary en avait tenu une rancœur éternelle à sa sœur.

Les années passant, chacune avait fait sa vie fort différemment, n'ayant quasiment aucun point commun, tant par leur façon de vivre que par leurs centres d'intérêts. Elles avaient malgré tout gardé un lien, vraisemblablement dû à leur gémellité, qui les empêchait de se séparer complètement. Aussi avaient-elles pris l'habitude de déjeuner ensemble, tous les quinze jours.

C'est ainsi que Mary, qui n'aimait guère d'ordinaire entrer dans les confidences, n'avait pu s'empêcher malgré tout de raconter à sa sœur son amour platonique pour John Hart. Kimberley avait absolument voulu voir à quoi il ressemblait. Mais Mary n'y tenait pas. Cependant, un jour qu'elle venait chercher sa sœur pour déjeuner, Kimberley l'aperçut et confia à Mary qu'elle en ferait bien son « quatre heures »... Mary avait esquissé un sourire forcé, mais, au fond d'elle-même, ses vieux démons avaient ressurgi. Elle se souvint de son vingtième anniversaire et se promit qu'avec John, cela ne se reproduirait plus.

Lorsqu'elle apprit la nomination d'Alison, elle fut persuadée que celle-ci l'avait obtenue grâce à ses charmes. Elle se sentit alors trahie par tous. C'est à ce moment-là que son plan diabolique lui vint à l'esprit.

Ce jour-là, elle avait rendez-vous pour déjeuner avec Kimberley. Alors qu'Alison était félicitée pour sa nomination, elle avait aperçu les clés de voiture de celle-ci dans son sac ouvert et son écharpe et se les était accaparés. Puis elle avait rejoint sa sœur qui l'attendait en voiture devant *CBS*. Elle prétexta qu'on lui avait demandé d'aller chercher un dossier resté dans la voiture d'Alison, qu'elle avait repérée garée dans le parking, pour se faire conduire par sa sœur jusqu'à cette dernière. Elle n'eut ensuite qu'à étrangler Kimberley par surprise, avec rage, en se servant de l'écharpe d'Alison, afin de faire porter tous les soupçons sur celle-ci. Elle s'était enfuie ensuite avec la voiture de Kimberley et avait disparu quelque temps, avant de réapparaître un jour sous la fausse identité de Kimberley…

Mary Spaulding s'arrêta brusquement de parler, satisfaite.

Ronald, en bras de chemise comme un cow-boy, très fier de pratiquer cet interrogatoire sans la présence de son chef, se planta en face d'elle et lui demanda :

— Et Alison Parker, pourquoi ?

— La police ne voulait pas faire son travail et l'arrêter, malgré ma petite mise en scène, alors j'ai dû m'occuper moi-même de cette garce ! Elle n'ira plus me voler mes conquêtes, comme Kimberley, désormais… Et puis elle s'était mise à fouiller partout. Je l'ai même aperçue qui m'espionnait sur le parking de *CBS*.

— Et le meurtre de James Smith, l'agression sur John Hart ?

— Pour ceux-là, je n'y suis pour rien. Je ne m'attaque qu'à mes rivales ! dit-elle, avant de faire à nouveau éclater son rire machiavélique.

XIX

Max attendait. Il ne savait pas depuis combien de temps au juste il était là. D'ailleurs, que lui importait le temps, à présent ?

Il s'était clairement vu s'envoler au-dessus de son corps, dans cette chambre d'hôpital. Et, depuis, il refusait de lâcher ce dernier.

Il lui avait fallu beaucoup de force de caractère pour ne pas emprunter, comme toutes les âmes qu'il avait rencontrées, cet extraordinaire tunnel au bout duquel resplendissait une lumière si pure. Mais il était buté, il restait les bras croisés dans ce vestibule, il ne voulait pas quitter la vie.

Il ne pouvait pas se résoudre à abandonner son amour. Et tout ce qu'il avait pu voir, depuis ce poste de nouveau « privilégié », ne l'encourageait guère à écouter les appels des autres anges. Alison était en danger, elle ne méritait pas ce destin. Il avait une vie à vivre avec elle, sur terre.

L'affaire avait fini par arriver sur la table divine et créait un précédent. Dieu avait pris l'habitude de ne pas intervenir sur terre, pour laisser aux hommes leur libre arbitre. Les attaques de son cousin démoniaque restaient ainsi impunies, mais, en de rares cas, il était ému par certains appels, surtout lorsque l'amour était en jeu. L'amour sincère entre un homme et une femme l'avait toujours attendri.

Il prit connaissance des lettres d'Alison, de son repentir, de ses appels désespérés à lui-même et à Max. Ce dernier avait toujours été depuis l'enfance si attentionné pour sa bien-aimée. Les parents d'Alison, de belles âmes, insistaient beaucoup. Pourquoi ne l'autoriserait-il pas à être son « Ange gardien » ?

Ainsi, depuis plusieurs mois, l'âme de Max avait eu la possibilité de voyager. Il avait pu se glisser chez John Hart, l'influencer en se connectant à son esprit bon, afin qu'il embauche Alison chez CBS, *pour qu'elle soit heureuse.*

Mais un démon très actif avait juré la perte d'Alison et, si Max avait pu arrêter le bras du meurtrier de Hart, il n'avait pu empêcher l'agression sur Alison.

Maintenant Max, renfrogné, en voulait toujours plus. Il exigeait à présent de pouvoir redescendre physiquement sur terre, de se réincarner pour la sauver. Il refusait de rejoindre les autres anges et d'accepter son sort. Il savait qu'il pouvait rester comme une âme errante dans le couloir de la mort jusqu'à la fin des temps, comme toutes ces mauvaises âmes que Dieu n'autorisait pas à monter vers des couches supérieures, mais il s'en moquait.

Il voulait Alison vivante, au prix de la survie de son âme. Il savait qu'il lui restait peu de temps pour inverser le cours du destin. Il bravait le Seigneur.

Celui-ci finit par avoir pitié de lui…

Il ne devait pas être tout à fait minuit, lorsque Max ouvrit les yeux.

Il ne comprit pas immédiatement où il était. Une chambre d'hôpital blanche, éclairée seulement par les rayons de lune à travers la fenêtre. Des fleurs fanées sur la table de chevet. Un goutte-à-goutte à côté de lui, un électrocardiogramme, plusieurs fils qui sortaient de ses bras et de sa poitrine. Le silence régnait dans l'hôpital en pleine nuit.

Son regard balaya plusieurs fois la chambre, cherchant à s'accrocher à chaque détail qui lui permettrait de retrouver la mémoire. En vain. Il ne se souvenait ni de son nom ni de ce qu'il faisait là.
Il n'avait qu'une envie : fuir. Il alluma la lampe de chevet, se redressa brusquement, arracha avec rage tous les fils qui entravaient son corps, puis tenta de se lever. Ses jambes étaient engourdies, lui faisaient mal.

Dans un effort désespéré, il se poussa hors du lit et s'écroula par terre. Il rampa encore en s'accrochant au matelas, puis s'arrêta, leva instinctivement les yeux au ciel et demanda de l'aide.

Soudain, il réussit à se mettre debout. Tout semblait fonctionner.

Il se traîna jusqu'au placard. Des chaussures, et sur un cintre : un costume, une chemise repassée. Tout était à sa taille. Il s'habilla lentement. Sur une étagère, un sac plastique dans lequel se trouvaient un portefeuille, des clés et un iPhone. Cela devait être les siens. Dans le portefeuille, sa carte d'identité : il s'appelait Max Lange et il habitait dans le VIIIe arrondissement.

Quand il entrouvrit la porte de sa chambre, il constata que le couloir de l'hôpital était désert.

Il s'achemina lentement vers l'ascenseur et descendit dans le hall. Pas âme qui vive.

Quand il fut dehors, il respira à pleins poumons l'air de la capitale. Enfin libre ! Il se sentait renaître. Il quitta à pied l'hôpital *Pompidou*, par la rue Leblanc.

Un taxi qui devait terminer sa tournée passa devant lui. Machinalement, il leva la main. Il ne savait pourquoi il avait fait cela, mais le taxi s'arrêta. Il rentra dans la voiture et, toujours sans réfléchir, s'entendit dire : « 50, rue de Laborde, s'il vous plaît ».

Les souvenirs de la civilisation revenaient peu à peu à lui. Comment comprendre ce qui s'était passé ? Il se doutait qu'il avait eu un accident, mais, pour le reste, tout était encore flou. Il n'y avait qu'une seule chose dont il était certain, il ne s'était pas réveillé par hasard…

Dans le taxi, il continua à fouiller dans son portefeuille. La photo d'une ravissante brune aux yeux noisette glissa sur ses genoux. Il ne savait pourquoi, mais regarder ce visage faisait s'emballer son cœur dans sa poitrine… Il retourna la photo et découvrit un prénom qu'il avait sans doute lui-même griffonné au dos :

Alison, ma raison de vivre.

Par chance, le chauffeur de taxi avait un chargeur d'iPhone branché sur son allume-cigare. Max lui demanda de recharger son portable.

Lorsque celui-ci finit par s'allumer, après un moment qui lui parut interminable, un SMS surgit :

« SOS ! ! ! »

Qui était cette « Alison » qui l'appelait à l'aide ?

Il fit des efforts surhumains pour chercher dans sa mémoire endormie, mais rien ne venait…

Il lui tardait d'arriver chez lui ; là-bas, il trouverait d'autres indices, et peut-être parviendrait-il à reconstituer le puzzle de sa vie.

À l'hôpital, l'infirmière de garde, qui faisait sa ronde nocturne, poussa un cri en découvrant que celui qu'on croyait cliniquement mort depuis des mois, celui que les médecins envisageaient de débrancher d'un moment à l'autre, ce fantôme, s'était fait la malle.

XX

Moins d'une heure après être arrivé à son domicile, Max avait retrouvé toute sa mémoire. Phénomène d'amnésie passagère, classique après un long coma. Il savait à présent qu'Alison était en grand danger. Cela ne lui ressemblait pas d'envoyer un S.O.S., elle qui voulait toujours tout assumer seule.

Il avait cherché à la joindre plusieurs fois sur son portable, mais en vain. Celui-ci devait être éteint. Il envoya quand-même un SMS, s'en remettant au ciel :

« Où es-tu ? »

Vincent, son rédacteur en chef chez *France-Télévisions*, qu'il avait appelé chez lui en pleine nuit et qui avait failli s'étrangler en reconnaissant cette voix venue d'outre-tombe au téléphone, pensant d'abord à un cauchemar, lui déclara, après avoir repris ses esprits, être resté en contact lointain avec Alison ; il lui apprit que celle-ci vivait désormais à Bel Air et qu'elle travaillait chez *CBS*.

Max avait alors composé le numéro de sa villa à

Bel Air, que lui avait transmis Vincent, mais n'avait eu qu'un répondeur. Chez *CBS*, il était tombé sur « la grosse Bertha » (Miss Würz), qui finissait son service. Celle-ci avait baragouiné, dans un fort accent mêlant l'allemand et l'américain des faubourgs, une histoire invraisemblable de tentative de meurtre, à laquelle il n'avait rien compris. Impossible également de joindre Hart, son chef de service, qu'il connaissait. Frank, le mari d'Alison, demeurait introuvable. Il chercha à contacter, fou d'inquiétude, la police de Los Angeles ; après avoir pour la énième fois raconté son histoire, il finit par obtenir une standardiste, qui enregistra son appel, en lui indiquant qu'on allait faire des recherches et qu'on le recontacterait le cas échéant.

Alarmé au dernier degré, il s'était finalement décidé à prendre le premier avion pour Los Angeles.

Installé à présent dans la cabine d'un long-courrier, Max attendait le décollage avec une impatience non dissimulée, regardant le réacteur vrombissant par le hublot. Son estomac était noué, son cœur battait la chamade. En fait, il s'en rendait compte aujourd'hui plus que jamais, ce qu'il n'avait sans doute jamais osé s'avouer à lui-même et encore moins à Alison : il était fou amoureux d'elle ! Sous couvert d'« amitié », il lui avait caché la vraie nature de ses sentiments. Comme il le regrettait aujourd'hui ! Il culpabilisait de l'avoir laissée partir sans s'y opposer de toutes ses forces, sans lui avoir auparavant au moins déclaré son amour… Mais n'était-il pas trop tard ?

Dans la cité des anges, les forces du Mal triomphaient.

Quand Alison reprit brusquement connaissance, elle ne parvenait plus à respirer. Elle était allongée à même le sol et sentait le carrelage froid sur sa bouche, mais elle ne parvenait pas à bouger. Les forces lui manquaient. Elle revoyait quelques images floues. Elle se souvenait que Miss Spaulding, après lui avoir collé un colt dans le dos, était entrée avec elle dans la villa et l'avait forcée à écrire une lettre, puis à descendre à la cave. Puis sa mémoire lui faisait défaut, si ce n'est ce mouchoir de chloroforme placé sur sa bouche... Combien de temps était-elle restée là, inanimée ?

À présent, elle rampait en toussant près de la chaudière à gaz. Elle ne connaissait pas cet endroit. Ses pensées se brouillaient. L'odeur du gaz, qui devait être grand ouvert depuis assez longtemps, lui piquait les narines et était insoutenable.

Elle s'aperçut alors qu'elle avait toujours son portable dans sa poche et, dans un effort qui lui parut surhumain, parvint à l'en tirer et à l'allumer. Les quelques secondes qu'il mit à s'ouvrir lui parurent une éternité, elle n'avait plus d'air et toussait de plus en plus. Des premiers sms arrivèrent : Granger qui avait appelé de multiples fois, les messages du commissariat ; soudain, alors que son esprit s'embrumait, elle vit apparaître celui de Max. Toussant de plus belle, son cœur fit un bond dans sa poitrine : il était vivant !

Était-ce là l'une de ces hallucinations qui arrivent à ceux qui sont sur le point de franchir l'autre rive ? Dans le doute, elle rassembla le reste de ses forces et, d'un doigt tremblant, essaya de lui répondre. Puis elle sentit le monde vaciller à nouveau autour d'elle. Son corps ne lui obéissait plus. À cours d'oxygène, son esprit s'envola. Sa dernière pensée : il était ressuscité et elle allait mourir…

L'inspecteur Granger, de son côté, était arrivé à Bel Air et la police avait retourné la villa dans tous les sens, à la recherche d'Alison. En vain. Mary Spaulding avait une fois de plus menti.

Granger était affalé sur le canapé du salon, des perles de sueur et d'angoisse maculant son front, lorsque Ronald l'appela.

— Inspecteur, la Brigade criminelle nous signale un appel de France pour vous, il y a déjà plusieurs heures, un soi-disant ami d'Alison Parker… Il a laissé son numéro de portable, il voulait parler d'urgence au responsable de l'enquête !

— Rappelez-le immédiatement et passez-le-moi ! grommela Granger.

Max avait fait escale à Miami. Il avait rallumé son portable à peine l'avion atterri, espérant une bonne nouvelle, mais, l'angoisse au ventre, constaté que son SMS à Alison était resté sans réponse.

Alors qu'il trépignait à l'aéroport, dans la file d'attente de l'embarquement de la correspondance pour Los Angeles, soudain, un SMS en provenance du portable d'Alison s'afficha, devant les yeux éberlués de Max :

« Retrouve-moi au Ciel. »

Max chercha désespérément à la rappeler, mais tomba à nouveau sur son répondeur. Ses yeux s'embuèrent de larmes. Il faillit défaillir et se mordit les lèvres au sang, avant de s'enfoncer un mouchoir dans la bouche pour sangloter.

Il embarqua et rejoignit sa place dans l'avion en titubant. Au même moment, son iPhone se mit à vibrer. Un appel inconnu des États-Unis. Les hôtesses passaient dans les travées, le sourire commercial aux lèvres, pour vérifier que les tablettes étaient bien relevées et les portables éteints.

Max mit son portable à l'oreille, tout en se cachant contre le hublot.

— Bonjour, inspecteur Peter Granger, de la police de Los Angeles, vous avez appelé nos services… Pouvez-vous vous identifier ? demanda Granger, autoritaire.

— Max… Lange, répondit-il d'une voix étouffée, comme s'il parlait de l'au-delà.

L'inspecteur avait déjà été frappé par ce nom dans le dossier que la police avait constitué sur le passé d'Alison Parker. Il se souvenait même avoir lu qu'il s'agissait de celui du collègue d'Alison, au service des « News » chez *France-Télévisions*, un ami d'enfance, peut-être même un peu plus que ça… (d'après le ton sur lequel Alison avait répondu à une question de Granger à son sujet). Mais, d'après son rapport, ce dernier était dans le coma, suite à un accident fatal.

— Où vous situez-vous actuellement, Lange ?

— Sur le point de m'envoler… balbutia Max, d'une voix irréelle.

— Mes renseignements m'indiquent que vous êtes mort, ou tout comme ! Je n'y comprends rien !

— Croyez ce que vous voudrez, inspecteur, mais si vous voulez sauver Alison… elle est prisonnière chez elle…

— Mais on est déjà à sa villa, on ne l'a pas trouvée, on s'apprête à repartir.

— Elle est dans la cave…

— Comment le savez-vous ?

— Elle vient de m'envoyer un SMS !

Une hôtesse se planta devant Max, furibonde.

— Monsieur, vous devez éteindre votre portable ! N'avez-vous pas entendu les consignes ?

Max fit semblant de ne pas la voir et continua sa conversation avec Granger.

— Inspecteur, on ne se connaît pas, mais faites-moi confiance, j'aime Alison, plus que ma vie ! Lorsque nous étions adolescents, nous étions amoureux et nous avions une cachette où nous allions nous rejoindre pour nous embrasser, dans la maison de ses parents à

Nîmes, nous l'avions surnommé notre « Ciel »… C'est là qu'elle vient de me dire de la rejoindre ! Un double sens sans doute, un dernier clin d'œil, car elle est en danger de mort, mais ça se tente, inspecteur ! J'en suis sûr, il n'y a pas une minute à perdre. J'étais le seul à pouvoir comprendre…

— Si vous n'éteignez pas votre portable sur-le-champ, je vous fais débarquer ! vociféra l'hôtesse, qui avait déjà appelé de l'aide.

— Sauvez mon amour, je vous en supplie, inspecteur ! hurla Max, alors que sa gorge s'enrouait de larmes, tout en coupant son portable.

XXI

Lorsque Alison se réveilla, elle ne reconnut pas la pièce blanche et aseptisée où elle se trouvait. Elle respirait dans un masque à oxygène et quand, terrorisée, elle voulut l'arracher, elle se rendit compte que ses mains étaient attachées par des sangles le long du lit.

Une voix connue chercha à la rassurer :

— Calmez-vous, Miss Parker, dit Granger. Vous sortez d'un coma et vous étiez très agitée. C'est pour cela qu'ils vous ont attachée ; je vais vous détacher. Vous êtes en réanimation au *Cedars-Sinai Hospital*... Vous avez eu beaucoup de chance. On vous a retrouvée dans votre cave, inconsciente, le gaz avait été ouvert. Sans l'intervention mystérieuse d'un certain Max Lange qui a découvert où vous étiez grâce à votre SMS, et nous a contactés alors qu'il allait décoller pour L.A., vous auriez été la dernière victime de Miss Spaulding ! Vous étiez dissimulée dans la salle des machines en sous-sol, accessible seulement par une fausse trappe ; on a fini par vous découvrir à côté de la chaudière à gaz et de la pompe à chaleur pour la piscine. Mes gars ne vous avaient pas cherchée là ! Miss Spaulding avait cherché à maquiller votre meurtre en suicide. On a même retrouvé sur vous une lettre, qu'elle a dû vous faire écrire sous la contrainte. Vous vous y accusez de tous les meurtres chez *CBS* et déclarez mettre fin à vos jours par désespoir, ne supportant plus votre double personnalité schizophrène ! Un sacré montage, qui abuse d'ailleurs encore mon adjoint Ronald, qui vous croit toujours coupable et vous prend pour une dangereuse psychopathe… Vous ne risquez plus rien aujourd'hui. Mary Spaulding est sous les verrous, et ce cauchemar est enfin terminé.

Alison avait froncé les sourcils au discours de l'inspecteur, tout en écoutant attentivement. Pour montrer à Granger qu'elle était consciente et lui exprimer sa reconnaissance, elle esquissa un sourire sous le masque. Elle se souvenait de son enlèvement, mais après, c'était le trou noir. Une seule chose comptait à ses yeux : Max était en vie ! Et il avait pris l'avion pour la rejoindre ! Elle allait revoir son Ange… Elle en remerciait le ciel, de tout son cœur.

— Et regardez, Alison, j'ai même une surprise pour vous ! dit Granger, faisant des efforts pour paraître enjoué.

L'inspecteur écarta alors le rideau du lit à côté et Alison, en tournant légèrement la nuque, reconnut John Hart, qui dormait du sommeil du juste.

— C'est moi qui ai demandé à ce que vous soyez dans la même chambre. J'ai pensé que vous apprécieriez. C'est aussi plus commode pour la surveillance, même si je vais maintenant devoir alléger le dispositif de sécurité, puisqu'on a coincé l'assassin. Mr. Hart va beaucoup mieux, encore quelques examens médicaux complémentaires et il devrait sortir sous peu. Dès que vous êtes vous aussi tirée d'affaire, je vous paie à tous les deux ma tournée ! Il faut que je vous laisse vous reposer maintenant, sinon je vais me faire tirer les oreilles par le Dr Livingston.

Granger se leva de la chaise où il s'était installé depuis un bon moment pour veiller Alison. Il cherchait à plaisanter, mais il était visiblement bouleversé de voir une femme aussi jeune et belle dans un tel état.

Alison se rendit compte de sa contrariété, au son chevrotant de sa voix, qui ne lui était pas coutumier, et elle chercha à nouveau à sourire pour le rassurer. Elle se sentait très faible, mais la présence de John à ses côtés la rassurait. Et puis la diabolique Spaulding n'était plus en état de nuire, et elle crut l'inspecteur quand il lui dit que sa vie n'était plus en danger. Elle referma les yeux, succombant à la fatigue et aux sédatifs qu'on lui avait administrés en quantités importantes.

Granger s'éclipsa, non sans aller consulter l'interne de garde. Celui-ci lui confirma qu'Alison récupérait bien. Ses poumons avaient été endommagés et elle ne respirait pas encore correctement sans masque à oxygène, mais la respiration se stabilisait d'heure en heure et la patiente possédait d'excellentes capacités de récupération, qui laissaient les médecins très optimistes sur son rétablissement total. Il apprit que l'asphyxie avait provoqué un trouble du rythme cardiaque et que, lorsque les urgences avaient emmené Alison à l'hôpital, les médecins avaient même perdu le pouls quelques secondes, puis l'avaient récupéré grâce à un massage cardiaque. Mais cet arrêt cardio-vasculaire avait été trop court pour laisser des séquelles et les examens neurologiques étaient bons. En passant par la salle de garde, il aperçut dans une poubelle la petite veste mode qu'il avait si souvent vu Alison porter chez *CBS* et qu'on avait du couper au rasoir pour l'intuber. Il en eut froid dans le dos.

Quand il regagna sa voiture sur le parking de l'hôpital et qu'il démarra, évitant pour une fois de mettre son gyrophare, il se sentait le cœur gros. Il se jura qu'il allait faire cracher le morceau à cette folle à lier de Spaulding. Celle-ci n'avait pas dit toute la vérité à Ronald, il en était certain.

Cependant, lorsque Alison rouvrit les yeux, quelques heures après le départ de l'inspecteur, elle constata avec stupeur que le lit de John était vide.

Comme elle s'agitait, l'infirmière de garde, une grosse rougeaude aux allures de sergent-major, s'approcha d'elle et lui indiqua que Mr. Hart avait été déplacé pour un examen de contrôle, un électroencéphalogramme. Cela ne la rassura cependant qu'à moitié.

En effet, des images troubles se pressaient dans sa tête. Il lui semblait que, dans un demi-sommeil, elle avait vu le visage de John tout près du sien, cherchant à la prévenir d'un danger. Il lui paraissait aussi avoir entendu des cris. Il s'était débattu lorsqu'on l'avait emmené… Mais elle n'était sûre de rien. Peut-être n'était-ce là que le fruit de son imagination, que le résultat de la fièvre qui la tenaillait ? Seul le silence assourdissant de l'hôpital répondait à ses inquiétudes. Elle se sentirait quand même plus tranquille si John rentrait de son examen. Elle l'attendit avec impatience.

Granger était maintenant rentré au commissariat. Il demanda qu'on le tienne informé en permanence de l'évolution de l'état de Miss Parker. Puis il s'installa en silence, la chaise renversée, à moins d'un mètre de Mary Spaulding et il la dévisagea sans dire un mot. Il ne parvenait pas à croire que ce petit bout de femme sèche, aux bas filés et aux ongles rouges vernis, était le « monstre des meurtres en série chez *CBS* ».

Il finit par rompre le silence.

— Vous persistez à n'avouer que les deux agressions sur vos « concurrentes », le meurtre de votre sœur et la tentative d'homicide sur Alison Parker, et à nier les autres ? lança-t-il.

— C'est une obsession chez vous ? Je n'ai rien à ajouter ! répondit Spaulding, comme offusquée.

L'inspecteur se leva en soupirant et se mit à déambuler dans la salle d'interrogatoire. Il regarda sa montre machinalement. Il était cinq heures du matin.

— Allons, Mary… un petit effort de mémoire : la tentative d'étranglement de Mr. Hart, l'assassinat de James Smith… Je suis fatigué et passablement énervé (il appuya sur ces derniers mots). Alors vous allez maintenant m'expliquer quels sont vos vrais mobiles, en dehors de votre jalousie viscérale, et puis nous irons sagement nous coucher !

— Je ne suis pour rien dans ce qui est arrivé à ce Smith, ni à Mr. Hart ! J'aime John… lâcha-t-elle à voix basse.

Soudain, cette phrase résonna avec sincérité aux oreilles de Granger. Et si elle disait vrai ? Depuis son arrestation, Miss Spaulding s'obstinait à nier être responsable de la disparition du photographe et de l'agression sur Hart, mais elle n'en disait pas plus, comme pour protéger quelqu'un d'autre…

L'inquiétude se lisait maintenant dans le regard gris de Granger. Et si elle avait un complice, et que celui-ci était encore en liberté ?

— Inspecteur ! On a enfin réussi à joindre notre contact au *Cedars-Sinai Hospital*. Il s'était endormi dans l'une des chambres et on a dû aller le réveiller. Il paraît que c'est vous-même qui lui aviez donné l'autorisation de faire relâche… interrompit un agent, en rentrant dans la pièce.

— Passez-le-moi ! vociféra Granger.

— Tout va bien, inspecteur. C'est seulement ce pauvre Mr. Hart. Je viens d'apprendre qu'il vient de décéder d'une brutale hémorragie cérébrale. Les médecins ont tout fait pour essayer de le ranimer.

— Quoi ! Mais il était sauvé ! Qu'est-ce que vous me chantez là, incapable ! se déchaîna Granger, hors de lui. Une voiture pour l'hôpital et que ça saute !

À la nouvelle incroyable de la disparition brutale de John Hart, Miss Spaulding se leva de sa chaise, blême, et se mit à hurler comme une hystérique, manipulée par des forces démoniaques.

XXII

Lorsque Max atterrit à l'aéroport international de Los Angeles, le temps était à la pluie.

Il avait quitté Roissy au petit matin et avait atterri avec neuf heures de décalage horaire, en début d'après-midi le même jour, après une escale à Miami, sans avoir fermé l'œil. Ce long voyage avait été pour lui un vrai calvaire, tant il était rongé par l'inquiétude, mais il avait prié le ciel si fort qu'il voulait encore croire au miracle.

Il avait cherché à recontacter l'inspecteur Granger dès son arrivée, mais, à son grand désespoir, cela s'était avéré mission impossible.

Alors que le taxi pris à l'aéroport l'emmenait en direction de Bel Air, de grosses perles de sueur ruisselaient sur son front. Il regardait cette ville géante qu'il traversait, ces palmiers sombres qui se dandinaient, courbés par le vent, le long de ces larges avenues droites qui n'en finissaient pas, semblant venir de nulle part pour aller disparaître, des kilomètres plus loin, dans l'océan ; ces buildings impersonnels et aseptisés, qui se ressemblaient tous, sans âme… Mais qu'est-ce qu'Alison était venue faire dans ce monde si éloigné de notre civilisation européenne ?

Quand il arriva devant la villa d'Alison, au luxe superficiel, son stress redoubla. Il avait l'impression de faire incursion dans une série américaine, sauf que, cette fois, ce n'était pas du carton-pâte, c'était le réel. De nombreuses voitures de police étaient garées devant la villa, dans tous les sens, comme des épis de blé enchevêtrés. Il se rua à l'intérieur comme un bulldozer. Des bandeaux de scotch « *no trepassing/ crime scene* » interdisaient l'entrée de presque toutes les pièces. Des agents déambulaient nonchalamment, le colt pendant à la ceinture.

— Où est-elle ? Vous l'avez trouvée ? hurla-t-il dans son anglais frenchie.

Après l'avoir mis en joue, lui avoir fait mettre les mains sur la tête et lui avoir rappelé qu'il était sur le lieu d'un crime, on finit après quelques explications par l'escorter jusqu'au jeune officier Ronald, qui était en train de relever des empreintes dans le salon.

— Qui êtes-vous ? demanda celui-ci, sans même relever la tête.

— Je suis un ami proche d'Alison Parker. J'arrive de Paris, j'ai eu l'inspecteur Granger, l'avez-vous sauvée ? demanda-t-il, haletant.

— Vous avez des papiers ? répondit le zélé adjoint.

Ronald consulta longuement le passeport que Max lui tendit. Celui-ci n'en pouvait plus d'attendre. Déjà à l'aéroport, le questionnaire d'immigration lui avait paru interminable.

— Miss Parker n'est pas ici, se décida enfin à lâcher Ronald en lui rendant le document. Elle est au *Cedars-Sinai Hospital* dans le centre-ville. Elle a été victime d'une tentative d'assassinat par asphyxie, mais elle a pu être sauvée par l'intervention de la police qui l'a découverte *in extremis*.

Max leva les yeux au ciel, elle vivait encore... Ronald s'en aperçut, ce qui crédibilisa à ses yeux les dires de cet inconnu, arrivé d'un autre monde.

Max brûlait d'envie d'en savoir plus sur les circonstances de cette tentative de meurtre, mais il préféra partir sans tarder pour l'hôpital. Il était si impatient de la voir, il avait trop perdu de temps dans sa vie jusque-là, et puis il voulait d'abord se rendre compte par lui-même de son état.

Cependant, au moment où il allait tourner les talons, il aperçut par terre, dans le reflet de la glace ancienne posée à même le sol, un cadre qui lui était familier, et que la police avait dû extraire d'un placard lors de la fouille. Il ne put s'empêcher de sourire. Ainsi, elle l'avait emporté avec elle jusqu'ici ! Elle était toujours la même, comme lui, une incorrigible romantique ! Cela lui fit se dire qu'au fond, tout n'était peut-être pas perdu entre eux...

Il s'approcha du cadre. Sous le verre à présent brisé, la photo était à sa place. C'était l'époque bénie où ils étaient inséparables, celle où il avait même osé, une fois, lui donner un premier baiser.

— Puis-je vous demander une faveur ? s'enquit soudainement Max auprès de l'officier. Est-ce que vous voyez un inconvénient à ce que j'apporte ce cadre à Alison à l'hôpital ? Je sais que cela lui fera immensément plaisir !

Ce n'était pas vraiment autorisé par la procédure, mais Ronald acquiesça quand-même. En l'absence de Granger, il n'était pas mécontent de jouer au petit chef et la moindre occasion d'accorder ou de refuser une demande sans avoir à en référer à quiconque lui donnait l'illusion du pouvoir.

Max s'empressa d'appeler un taxi avec son portable. Quelques minutes plus tard, il faisait route vers le *Cedars-Sinai Hospital*, pressant le cadre d'Alison contre son cœur.

Soudain, du cadre, glissèrent deux lettres, écrites de la main d'Alison. Quelle ne fut pas sa surprise de découvrir qu'elles lui étaient destinées, à lui, son « Ange gardien » !

Ce qu'il lut, les mains tremblantes, le chavira de bonheur. Elle l'aimait d'un amour fou, au-delà de la mort, alors même qu'elle le croyait encore dans le coma ! Les larmes inondèrent son visage. Il riait et pleurait à la fois. Que cette vie était belle à présent, cette vie qui ne tenait plus qu'à un fil…

XXIII

Alison était terrorisée. Elle ne comprenait pas ce qui se passait. Non seulement elle n'avait pas vu revenir John, mais un brancardier l'avait brusquement sortie à la première heure de la réanimation, pour la placer en chambre seule, dans un service de cardiologie.

— Nous allons vous faire des examens complémentaires, avait-il dit pour tout commentaire. Ne vous inquiétez pas. Le Dr Livingston va passer vous voir ! Il vous expliquera.

Alison, quoique très fatiguée, avait toute sa conscience. Elle se souvenait que Granger lui avait parlé d'une asphyxie et de problèmes pulmonaires. Cela n'avait rien à voir avec le cœur ! Que faisait-elle en cardiologie ?

De plus, elle ne se sentait pas rassurée dans cette nouvelle chambre, qui ne semblait pas du tout adaptée à quelqu'un qui sort du coma, et où elle était soudainement abandonnée sans aucune surveillance, comme si elle n'avait qu'une petite grippe. On lui avait laissé seulement son masque et sa bouteille d'oxygène, mais aucune infirmière ne veillait sur elle… Son lit était placé trop loin de la sonnette murale pour qu'elle puisse appeler qui que ce soit et de toute façon elle n'aurait pu se hisser jusqu'à cette dernière, puisqu'on avait rattaché ses sangles. Elle avait toujours été un peu claustrophobe et se sentir prisonnière, sous ce masque, la faisait paniquer.

Soudain, sur le téléviseur allumé de la chambre, fut annoncé un flash spécial d'informations. À sa grande surprise, Alison vit alors apparaître en plein écran la face de ce faux jeton de Marc Chandler, plus patibulaire que jamais, tirant une tête d'enterrement. Comment avait-il osé présenter ce flash sans lui demander sa permission ? Il suffisait qu'elle soit à l'hôpital et il se permettait tout… Prêtant brusquement attention à ce qu'annonçait le présentateur, elle fut soudain glacée d'effroi.

— Excusez-nous d'interrompre momentanément le programme, chers téléspectateurs, mais j'ai de bien tristes nouvelles à vous annoncer. Nous avons appris dans la nuit la disparition de John Hart, le chef du service des « News » de *CBS*, qui a succombé soudainement à l'hôpital d'une hémorragie cérébrale, suite à l'agression dont il avait fait l'objet à son domicile – nous verrons tout à l'heure à ce sujet quelques images inédites, qui n'avaient jamais été montrées jusqu'à ce jour…

Alison fut saisie d'horreur à l'annonce du décès de John. Une larme ruissela lentement le long de sa joue. Elle se rappela alors qu'elle avait interdit à Marc de passer les images filmées à son domicile. Elle n'en revenait pas que celui-ci ne craignît pas son courroux, mais la suite du flash en fournirait l'explication.

— … Et, ce matin, nous devons aussi déplorer celle d'Alison Parker, l'une de nos plus brillantes journalistes, qui venait d'être nommée rédactrice en chef adjointe du journal… Le meurtrier fou de *CBS* a encore frappé ! continua Chandler.

Sous le choc de ce qu'elle venait d'entendre, la vue d'Alison se brouilla, et ses oreilles se mirent à bourdonner.

— Nous avons envoyé une équipe de rédaction au *Cedars-Sinai Hospital* et ne devrions pas tarder à avoir des images. Malgré les tragiques décès de nos collègues, nous vous devons l'information et nous ne faillirons pas à notre mission. L'information, comme la vie, continue ! ponctua Chandler avec un sourire démoniaque.

Alison comprenait tout, à présent. Chandler avait dû être l'initiateur depuis le début de tous ces crimes, par pur arrivisme, pour éliminer ses rivaux, et pour pouvoir enfin lui-même annoncer un scoop à la télévision… Il n'avait pas supporté la promotion d'Alison, avait cherché d'abord à la faire arrêter, puis ce dément s'était finalement résolu à l'éliminer, ainsi que Hart, afin de se hisser en haut de la hiérarchie des « News » de *CBS* ! Il avait habilement manipulé sa complice, Mary Spaulding, qui n'avait été qu'un jouet entre ses mains.

Mais pourquoi annonçait-il sa disparition à l'antenne ? Elle n'était pas encore morte, elle le saurait !

Elle chercha en vain à arracher les sangles qui la maintenaient fixée au lit.

Dans la voiture de police en route pour l'hôpital, l'inspecteur Peter Granger entendit la reprise de l'annonce de *CBS News* par la radio, et en fut saisi sur place.

D'une voix blanche, il demanda à l'agent au volant d'arrêter net le véhicule sur le bord du « freeway ». Il sortit seul sous la pluie battante. Une fois de plus, comme pour sa fille adorée, il arrivait trop tard !

Il n'en revenait pas, et les questions se pressaient dans sa tête. Mais comment *CBS* avait-il pu être informé du meurtre d'Alison avant la police ? Quelqu'un à la rédaction de la chaîne était forcément de mèche ! Ce Marc Chandler qui parlait tout à l'heure, il se souvint qu'Alison s'en méfiait. C'était sans doute lui, le fameux employé de *CBS* qui touchait les virements de Smith et dont il avait cherché vainement la piste. Il s'était fait avoir comme un débutant !

La pluie tombait comme un torrent sur son imperméable et lui lacérait le visage. Même si son cœur avait été endurci au fil des tragédies auxquelles il avait été exposé tout au long de sa carrière il s'était jusque-là cru blasé, il se rendit compte brusquement qu'il ne parvenait pas à accepter la mort d'Alison : pas elle ! Il se sentait coupable de ne pas avoir su la protéger, comme sa propre fille. Cette dernière aurait aujourd'hui quasiment le même âge qu'Alison… Il serait dorénavant à jamais meurtri, au plus profond de lui-même. Lui, l'inspecteur qui roulait des mécaniques, lui qui aimait se targuer que sa réputation n'était plus à faire ; il n'était en réalité qu'un bon à rien ! Ce serait sa dernière affaire. Sa décision était prise : il allait raccrocher. Se saouler de honte et de douleur, la seule issue qui lui restait…

Soudain, le talkie-walkie de Granger crépita. L'inspecteur le mit machinalement à l'oreille.

— Granger, j'écoute… dit-il, en se grattant la gorge, pour cacher son émotion.

C'était Ronald.

— Vous avez entendu *CBS*, inspecteur ? Pardonnez-moi d'avoir soupçonné Alison Parker ! C'est vous qui aviez raison…

Il sentait son adjoint pour la première fois très humble, au bout de la ligne.

— Si c'est pour ça que vous m'appelez ! vociféra Granger.

— Non, pas seulement… continua Ronald. On a vérifié : le journal de *CBS* n'est pas enregistré en direct !

Un espoir fou traversa alors l'esprit de l'inspecteur. Et s'il n'était pas trop tard ? Cela paraissait impossible, mais… si *CBS* avait devancé la réalité ?

Granger se retourna vers l'agent, qui était sorti lui-aussi de la voiture et était resté là, planté sous la pluie, inquiet pour son chef.

— Foncez quand même au *Cedars-Sinai Hospital* ! Il reste une chance !

— Et vous, Ronald, filez chez *CBS* mettre Marc Chandler en état d'arrestation ! Je crois que cette enquête a peut-être enfin fait de vous un bon flic…

Il s'engouffra plein d'eau dans le véhicule et fit mettre la sirène.

XXIV

Dans la voiture qui le conduisait à l'hôpital, l'inspecteur reprit le dossier de l'instruction et se mit à le feuilleter fébrilement, d'abord de façon distraite, comme pour calmer ses nerfs. Soudain son attention fut attirée par les résultats de la perquisition chez John Hart. Parmi les éléments n'appartenant pas à la victime, des fils blancs en laine, provenant probablement du pull de l'agresseur, retrouvés accrochés au clou qui avait servi à accrocher la corde. Il se souvint instantanément du jour où, lorsqu'il était arrivé chez Alison, celle-ci se plaignait que son mari avait encore fait un accroc à son pull.

Il rappela Ronald.

— Ronald ! hurla-t-il. Faites-moi analyser d'urgence ces fils et comparez-les à ceux d'un pull beige troué que vous devriez retrouver dans la penderie chez Alison Parker. Au fait, a-t-on pu prévenir son mari de ce qui lui est arrivé ?

— Celui-ci serait en déplacement pour affaires à San Francisco, inspecteur, mais, pour l'instant, il est demeuré introuvable.

Une idée subite traversa alors la tête de Granger.

— Ronald, Mary Spaulding s'est-elle calmée ? Trouvez-moi une photo du mari d'Alison Parker et montrez-la-lui. Je veux un rapport complet sur cet individu !

Lorsque Ronald dénicha une photo où l'on voyait Alison et Frank souriants, bras dessus, bras dessous, et la colla sous les binocles en verre fumé de Miss Spaulding, en lui demandant si elle connaissait cet homme, Mary Spaulding ne put réprimer un haut-le-cœur. Après quelques secondes d'hésitation, elle balbutia d'une voix blanche :

— Oui, c'est Frank, l'amant de Kimberley ! Mais que fait-il avec Alison Parker sur cette photo ? Dites-moi que c'est un montage, c'est un piège, n'est-ce pas ?

— Miss Spaulding, vous avez été jouée. Cet homme, c'est le mari d'Alison Parker, lui révéla l'adjoint.

Les mains de Miss Spaulding se mirent à trembler sur son sac en croco noir.

— Puis-je avoir un verre d'eau ?... geignit-elle.

Mary Spaulding commença alors à déballer tout ce qu'elle savait vraiment, d'abord de façon hésitante, puis ne s'arrêtant plus de parler, d'une voix monocorde, comme le déversement d'un flot longtemps contenu.

Ronald au téléphone fit un compte-rendu en direct de la déposition de Mary Spaulding à l'inspecteur.

Elle avait rencontré Frank quelques mois plus tôt, lors d'un déjeuner avec sa sœur. Il était passé prendre le café. Elle avait raconté à Kimberley et à son amant toute la haine qu'elle portait à Alison Parker. Frank avait paru très intéressé. C'est aussi au cours de ce déjeuner que Mary avait mentionné le dossier sur l'agence *STARS*.

Elle l'avait feuilleté sur le bureau de John Hart. Une sale affaire menaçait d'être révélée au grand jour. Un réseau de prostitution de mannequins doublé d'un trafic de cocaïne s'étendant de la côte Est à la côte Ouest des États-Unis, jusqu'en Europe et en Asie, dans lequel étaient mouillés de très gros bonnets. Ceux-ci étaient photographiés en charmante compagnie et les dirigeants de l'agence *STARS* les faisaient chanter. Il s'agissait en fait d'acheter le silence de politiques et hommes d'affaires haut placés, pour fermer les yeux sur la construction d'un vaste programme immobilier de la côte californienne, incluant plusieurs chaînes d'hôtellerie françaises, dans une zone interdite car située sur une faille sujette aux tremblements de terre. Des journalistes de *France-Télévisions* et leurs correspondants chez *CBS* à Los Angeles semblaient être sur la piste et prêts à tout révéler au grand jour.

Ce fut seulement après l'assassinat de Kimberley que Mary se rendit compte que Frank et Kimberley étaient mêlés au dossier. Kimberley lui servait en fait de sorte de Mme Claude pour organiser des rendez-vous entre de jeunes mannequins français arrivant aux États-Unis, que le photographe James Smith recrutait sous le couvert du Consulat (soi-disant pour des

« voyages d'études »…), et qui, très vite shootées à la cocaïne, devenaient des call-girls pour des hommes de pouvoir, lors de rencontres dans des hôtels de luxe.

Au début, Mary s'était prise au jeu de Kimberley et avait fait un véritable dédoublement de personnalité. Elle jubilait en s'imaginant que Frank craquait pour elle, et elle s'était mise à jouer à la vamp comme sa sœur. Elle tenait sa revanche absolue. Elle avait tué sa sœur et lui avait pris son amant !

Frank se rendit au domicile de John Hart un soir. Il l'attaqua par-derrière et chercha à l'étrangler, puis à simuler une pendaison. Il pensait qu'il fallait continuer à utiliser la strangulation afin que la police attribue le meurtre au même assassin que celui de Miss Spaulding. Surtout, la police devait croire aux agissements d'un meurtrier maniaque chez *CBS*, sans pouvoir faire le rapport avec l'agence *STARS*. Il se rendit ensuite à son bureau, subtilisa le dossier et transféra toutes les affaires d'Alison dans le bureau de Hart, pour continuer à faire porter les accusations sur celle-ci. L'essentiel était que cette histoire ne sorte à aucun prix sur les écrans de télévision.

Mais Mary ne supporta pas que Frank touche à John, dont elle était encore très éprise. Elle entra dans une colère noire. Frank finit alors par se rendre compte qu'elle n'était pas Kimberley. À la surprise de Mary, celui-ci ne parut pas fâché d'être débarrassé de son ex-maîtresse, sans doute parce qu'elle en savait beaucoup trop. Il feignit même d'être beaucoup plus heureux avec Mary qu'avec Kimberley. Il promit de garder le secret du changement d'identité de Mary. Pourtant, cette dernière avait maintenant de plus en plus peur de lui. Elle se disait que, le jour où il se lasserait d'elle, il n'hésiterait pas à la faire passer, elle aussi, sur l'autre rive !

Frank s'était mis à faire suivre Alison par Smith chez *CBS*, mais Mary avait cru que c'était à cause du dossier. Elle n'avait jamais su qu'ils étaient mari et femme… Frank décida ensuite de supprimer Smith, qui était résolu à parler à Alison. Celui-ci s'était en effet rendu compte de la disparition de Kimberley, qui était sa partenaire au sein de l'agence *STARS* depuis des années. Il n'était pas dupe du jeu de Frank et de Mary Spaulding, qui lui avaient caché la vérité. Il était inquiet pour sa sécurité.

Frank était décidé à supprimer tous les journalistes de *CBS* qui avaient été en contact avec le dossier explosif sur l'agence *STARS*. Après John Hart, il ne restait plus qu'Alison Parker… Frank avait eu quelques secondes d'hésitation quant au sort de cette dernière. Au début, il pensait que les soupçons de la police allaient se porter sur elle et qu'elle finirait condamnée à la peine capitale, puis il n'eut pas d'autre choix que de la supprimer à son tour. Mary Spaulding s'était chargée avec joie de cette besogne.

Lorsque Mary Spaulding avait en revanche vu la photo d'Alison et de Frank, mari et femme, le dernier écran de fumée de la flamme feinte de Frank pour elle s'était définitivement évaporé. Il lui avait raconté qu'il était marié, mais avec une femme très riche qu'il n'aimait plus et qu'il ne pouvait pas quitter car elle finançait ses affaires immobilières. Elle s'était alors soudain rendu compte que Frank lui avait menti, même sur ça… En réalité, il n'avait jamais été épris d'elle, pas plus que d'aucune autre. Son passé malheureux en amour, dont elle avait cru pouvoir se libérer en tuant sa sœur, revenait la torturer. Il se servait d'elle, comme tous les autres hommes !

Au moment où la voiture de Granger déboula sur le parking du *Cedars-Sinai Hospital*, Ronald termina son rapport à l'inspecteur concernant les révélations de Mary Spaulding et rajouta :

— J'ai aussi les résultats de la recherche que vous avez demandée sur le mari d'Alison Parker. Il est fiché chez nous sous différentes identités. Il est mêlé à la mafia new-yorkaise, japonaise et californienne. Il s'agit d'un dangereux psychopathe. Ses trois précédentes épouses ont disparu dans d'étranges circonstances… Et, au fait, on a retrouvé le pull dont vous parliez. Ce sont bien les fils de celui-ci qui étaient restés accrochés au clou ayant servi à la pendaison de John Hart. Il aura encore voulu faire croire à la culpabilité d'Alison, en empruntant son pull pour effectuer ses sinistres actes.

— Donnez son signalement dans tout le pays et à toutes les frontières, je ne veux pas qu'il s'échappe ! ordonna Granger en se ruant hors du véhicule.

Cependant, lorsque l'inspecteur, en approchant de l'hôpital, aperçut la horde de journalistes qui se pressait sur le parking, il comprit que, sans doute, tout était déjà fini.

Max, quant à lui, était arrivé quelques minutes avant l'annonce de *CBS*. Il se précipita alors fébrilement dans l'ascenseur et appuya sur l'étage du service de réanimation. Brusquement, de façon maléfique, le démon bloqua l'ascenseur. Il se retrouva en panne entre deux étages. Il se mit à crier dans le silence mais en vain. Cramponné à son portable, il appela les renseignements, qui lui passèrent le standard de l'hôpital.

— On va vous sortir de là… Ne vous énervez pas ! Continuez à parler ! Qui allez-vous voir ?

— Alison Parker.

— Euh… – La standardiste continua d'une voix hésitante. – Je crois malheureusement que, pour elle, il est trop tard, monsieur, on vient d'annoncer son décès sur *CBS*…

Max hurla comme un porc qu'on égorge.

— Mais ce n'est pas possible ! Il y a erreur ! La police m'a dit qu'elle allait bien, il y a moins d'une demi-heure ! Sortez-moi de là !

Max se mit à tambouriner de toutes ses forces contre sa cage en fer. Il se cassa les ongles à essayer d'entrouvrir les portes de l'ascenseur.

Il ne pouvait s'empêcher de penser qu'il était peut-être en train de manquer les derniers instants de la femme de sa vie. Il suffoquait de douleur. Il mourrait lui aussi, une seconde fois.

— Du calme, monsieur ! entendit-il finalement dans la cage d'escalier. On va vous ouvrir !

XXV

Dans sa chambre d'hôpital, Alison cherchait toujours, de toutes les forces qui lui restaient, à enlever les sangles qui la retenaient au lit. Soudain, elle entendit des bruits de pas dans le couloir. Il lui semblait connaître cette démarche.

La porte s'ouvrit lentement. Elle vit d'abord la silhouette d'un médecin en blouse de travail, le bas du visage caché par un bandeau bleu hygiénique. Celui-ci referma la porte avec soin, méthodiquement, sans se presser. Il paraissait très résolu à ne pas faire de bruit. Alison crut d'abord que c'était pour la ménager. Il s'approcha lentement. Seule la lumière fixée en haut du lit était allumée et Alison distinguait mal ses traits. Celui-ci se dirigea vers elle avec une lampe de poche. Il était maintenant debout devant elle, restant silencieux. Seule sa blouse était éclairée par la lampe du lit, le visage restant dans la pénombre.

Elle vit alors la plaque métallique sur sa blouse qui scintillait et elle put lire : « Doctor Livingston ».

Son cœur s'emballa et ses pupilles se dilatèrent sous l'effet de la frayeur. Elle avait rencontré le

Dr Livingston avec Granger lorsqu'elle était venue voir John à l'hôpital. Elle se souvenait d'un petit homme chauve aux cheveux blancs, qui ne ressemblait en rien à l'homme vigoureux, de grande taille, aux cheveux qu'elle devinait bruns, qui se tenait devant elle. Alison voulut se lever d'un bond, quand une voix qu'elle connaissait bien la cloua sur place.

— Bonjour, ma puce ! Comme on se retrouve…

Frank se pencha doucement vers elle et arracha le bandeau de chirurgien qui lui couvrait la bouche. Elle reconnut ses yeux bruns de séducteur et son sourire gingival, qui en avait fait craquer plus d'une. Mais elle ne savait plus soudainement si elle devait être rassurée ou non par la présence de son mari, tant la conduite de celui-ci et son déguisement saugrenu en médecin lui semblaient étranges.

— Ce n'est pas bien de mentir à son mari, ma puce ! dit Frank, toujours souriant. Déjà, chez *France-Télévisions*, on m'avait informé qu'avec ton « Max la menace », vous étiez sur le point de découvrir notre réseau international et notre projet de programme immobilier. Tu te souviens, celui pour lequel tu étais venue m'interviewer à L.A. ? Je n'ai eu d'autres moyens que de te séduire pour que tu arrêtes tes recherches et ne remontes pas jusqu'à moi. Ce n'était pas désagréable, d'ailleurs… On avait jusque-là réussi à stopper *in extremis* toute révélation à la télévision française, grâce à des interventions politiques, mais vous deux, votre tandem de justiciers reporters, vous étiez incontrôlables. Je me suis arrangé pour renverser ton Max avec ma Porsche devant *France-Télévisions* pour le faire taire à jamais. Je fonçais tellement que personne n'a pu m'identifier… Dire que tu as cru à un accident ! Ce cher Max, dont tu gardes encore la photo cachée dans ton placard. Je n'ai jamais été dupe ! Comme s'il pouvait maintenant quelque chose pour toi, celui-là. Une fois que tu étais arrivée à Los Angeles, je t'avais pourtant défendu de travailler. Mais non, il a fallu que tu désobéisses, que tu joues à nouveau à la grande journaliste de télévision, trop curieuse, toujours à fouiner dans les affaires des autres ! Un milieu pourri, je t'avais prévenue. J'ai su quasiment depuis le début que tu travaillais chez *CBS*, grâce à cette charmante Miss Spaulding qui m'a été bien utile, et qui, soit dit en passant, est un très bon coup par-dessus le marché, comme sa sœur, Kimberley…

À ces mots, Alison eut envie de vomir. Tout devenait clair, à présent. Elle avait foncé dans ce piège démoniaque avec allégresse. Comme elle s'en voulait ! Max, c'était un assassinat… Elle se débattit avec une violence inouïe ; elle voulait arracher son masque à oxygène et sauter à la gorge de ce monstre, mais ses mains étaient irrémédiablement immobilisées par les sangles du lit.

— Tu aurais tort de vouloir enlever ce masque, ma puce, reprit Frank d'une voix froide et macabre, qu'elle ne lui avait jamais entendue. C'était la mort, le Diable qui parlait, avec un visage d'acteur hollywoodien…

— Je ne suis pas médecin, continua le démon, pas plus que promoteur immobilier, d'ailleurs ; mais ce que je sais, c'est que tu n'es pas encore en mesure de respirer toute seule sans oxygène, et que tu signerais alors ton arrêt de mort !

Elle comprenait tout, maintenant. Les images des semaines précédentes se bousculaient dans sa tête. Elle revit le briquet sur la table du salon du manoir de John. En fait, c'était son propre briquet, que Frank lui avait dérobé et qu'il avait oublié volontairement chez Hart quand il était venu l'étrangler, afin qu'elle soit à nouveau soupçonnée. Elle avait cru, en voyant celui-ci, que John lui avait tout simplement offert un briquet identique au sien ! Mais elle aurait dû réaliser que John ne fumait pas… L'inspecteur lui avait pourtant bien demandé de lui signaler le moindre détail qui lui aurait paru insolite. Elle s'était prise pour une apprentie enquêtrice, ne s'était pas assez appuyée sur l'épaule de Granger, cet homme bon et expérimenté, comme elle n'avait pas non plus su écouter Max, son « Ange gardien ». Max qui était vivant, mais qu'elle ne reverrait plus jamais. Comme elle s'en voulait, à présent ! Tout était de sa faute… Elle n'avait pas su surtout écouter son cœur, pas voulu admettre qu'elle aimait Max depuis toujours. Elle avait suivi outre-Atlantique un mirage de bonheur, alors que son amour, le vrai, était justement à ses côtés, devant ses yeux. Trop facile, trop évident peut-être ? Max était devenu peu à peu sa seule famille, à la fois son frère, son père, son meilleur ami… mais pourquoi n'avait-elle pas compris qu'il était aussi son seul et unique véritable amour, son Ange, un cadeau du ciel… Comme souvent, elle avait agi sur un coup de tête, surestimant ses forces, jouant à l'adolescente qui croit avoir raison. Elle se souvint aussi de la conversation téléphonique de Frank, lorsqu'elle l'avait surpris une nuit.

Il devait être en ligne avec sa maîtresse, Mary Spaulding ! Comment avait-elle pu se tromper à tel point sur cet homme ? Le démon prenait décidément tous les visages. Pauvre John, un vrai journaliste comme on n'en fait plus ! Et Max, cet être passionné, cette âme pure, qui avait cherché à la protéger depuis l'enfance, envers et contre elle, et avait risqué sa vie pour elle. Peut-être le retrouverait-elle au ciel, un jour, dans le monde invisible des âmes, ou peut-être pas, si l'au-delà n'existait pas ? Une larme ruissela le long de ses beaux yeux bruns en forme d'amandes.

Frank continua. Il marchait maintenant autour du lit.

— Tu vois, ma puce, Marc Chandler n'a pas résisté à la tentation de faire un scoop ! Je lui ai fait plusieurs versements bancaires par le passé, afin d'obtenir des renseignements sur ce qui se passait chez *CBS*. Ils ont été très précieux pour éliminer tous ceux qui avaient pu consulter le dossier de l'agence *STARS*… Eh oui, ma puce, car cette agence était ma couverture, mes « associés », mes petites affaires, qui auraient pu te permettre de continuer à te prélasser au *Beach*, si tu n'y avais pas mis ton nez !

Frank renchérit d'une voix à la fois glaciale et mielleuse. Alison sentait qu'il était fier de lui, qu'il prenait visiblement plaisir à expliquer son stratagème.

— Puisque tu n'as pas voulu te « suicider » dans notre villa (j'avais pourtant mis du temps à trafiquer la chaudière à gaz à la cave), je n'ai pas résisté à l'idée sublime qui m'est venue de t'offrir une mort digne de la grande journaliste que tu rêvais d'être !

J'ai donc décidé de mettre en scène ta disparition… Je savais que Marc était pourri jusqu'à la moelle. Quand je l'ai appelé tout à l'heure avant de rentrer dans ta chambre pour lui annoncer que j'allais te tuer, il avait le choix : soit il appelait la police et tu pouvais encore être sauvée, soit il préparait son reportage. Il n'avait pas le temps matériel de faire les deux. J'ai pris le risque. J'étais certain qu'il n'hésiterait pas une seconde devant un scoop qui pouvait relancer sa carrière, même au prix de ta vie.

Comme pour apporter du crédit aux mots de Frank apparut alors à nouveau le visage de Marc Chandler, en plan large sur l'écran du téléviseur de la chambre.

Alison l'entendit dire, atterrée, tout en remarquant la caméra placée au-dessus de son lit :

— Un scoop inédit sur *CBS*, chers téléspectateurs ! J'ai envoyé l'un de nos reporters récupérer la cassette de la caméra de surveillance qui se trouvait dans la chambre d'Alison Parker… Cette dernière a pu filmer l'assassin d'Alison Parker à son insu. Et vous allez quasiment assister à un « meurtre en direct » !

Frank remit alors son masque de chirurgien, alluma la caméra fixée au plafond de la chambre, la braqua sur elle et se plaça dos à celle-ci pour dissimuler son visage. Il s'approcha d'elle ensuite et lui glissa à l'oreille :

— Tu vois, tu ne pouvais pas rêver de plus belle fin, toi qui as toujours voulu briller devant les caméras… Je l'ai promis à Marc, ça fait partie du deal.

Quant à moi, j'ai un avion qui m'attend pour une île paradisiaque, avec une valise de dollars préparée par mes commanditaires. Jamais l'illégalité de notre programme immobilier ne sera découverte au grand jour !

Alison ne bougea plus, ne pensant qu'à gagner du temps, presque surprise d'être encore en vie.

Elle jeta un dernier regard suppliant vers la porte de la chambre, espérant encore un miracle, son « Ange gardien », peut-être ? Mais celle-ci, obstinément, ne s'ouvrait pas. Dans l'escalier, Max, enfin libéré de son étau maudit, montait l'escalier en courant à en perdre haleine. La dernière pensée d'Alison fut pour son Ange.

— Bonne nuit, ma puce ! dit Frank en débranchant délicatement le fil de la bouteille d'oxygène.

Max courait comme un dératé dans le couloir, cherchant la chambre qu'on lui avait indiqué être celle d'Alison. Frank, qui avait remis son bandeau de chirurgien sur la bouche et repartait d'un pas tranquille, rasant les murs, eut juste le temps de l'apercevoir, avant de réussir à se cacher dans une chambre avoisinante. Ainsi, le démon échappa à l'Ange, qui volait au secours de sa bien-aimée.

Quand Max entra dans la chambre, il trouva Alison immobile, les yeux ouverts, un sourire aux lèvres, belle. Elle ne respirait plus. Il lui enleva son masque à oxygène désormais inutile, et l'embrassa, longuement, absolument, passionnément.

Granger entra à son tour, après s'être frayé un passage parmi la nuée de photographes et cameramen qui encombraient déjà l'escalier de l'hôpital et que contenait difficilement la police. C'est alors qu'il comprit, en voyant le visage gonflé par les larmes de Max, se tournant désespéré en sa direction, tandis que ce dernier serrait encore entre ses mains comme une relique le cadre qu'il avait apporté à Alison, qu'il ne serait plus jamais flic et qu'il ne regarderait plus jamais *CBS*.

Granger, sans un mot, fixa encore Max intensément quelques secondes, qui parurent une éternité. Il le dévisageait pour la première fois. C'était donc lui le grand amour d'Alison. Dans ce regard bleu délavé, il voyait tout le désespoir du monde. Il connaissait ce visage, il lui semblait reconnaître le sien aux obsèques de sa fille. C'était la face de l'amour brisé à jamais qui le regardait. Il sortit sa carte de police, la jeta sur le lit et quitta la pièce.

Soudain, Max, comme pris de folie, se précipita à nouveau sur les lèvres encore tièdes d'Alison et se mit à lui faire le bouche-à-bouche avec frénésie…

— Non… ! Ce n'est pas vrai. Pas toi, mon amour ! hurla Max dans le silence.

Les lèvres collées contre celles d'Alison, enfin rejointes dans la mort à défaut de l'avoir été dans la vie, il souffla de toute son âme au travers de sa poitrine immobile. Il savait qu'il était trop tard mais il ne pouvait se résigner, il ne pouvait croire qu'elle était partie. Au bout de plusieurs minutes, à bout de souffle et de larmes, il s'arrêta et mit sa tête sur le cœur d'Alison, rien…

Alors il se releva péniblement. Comme machinalement, il replaça le masque à oxygène sur le visage d'Alison. Il ne voulait pas la voir morte.

Il s'agenouilla au milieu de la chambre froide, leva les mains vers le ciel, serrant les deux lettres d'Alison pleines de larmes et d'amour contre son cœur, et il continua à hurler longtemps :

— Seigneur, pitié ! pitié ! pitié ! Laissez-nous vivre notre amour ! Pourquoi m'avez-vous fait « Ange gardien », si ce n'est que pour échanger sa place contre la mienne dans l'au-delà ? Ou alors reprenez-moi, cette vie sans elle est une mort.

Il se releva finalement lentement et se dirigea vers la porte, comme s'il était déjà un petit vieux, jetant un dernier regard en direction de sa bien-aimée.

Sur le cadran de l'électrocardiogramme, peu à peu, le trait du tracé de l'activité cardiaque, qui était devenu plat, sembla soudain frémir et s'animer…

Épilogue

Nous sommes entre la Camargue et la Provence. En ce début d'été, le soleil vient de se lever, mais on le sent déjà très chaud et on devine que la journée va être magnifique. Le ciel est azuré, aucun nuage ne vient troubler son uniformité.

Alison Parker se réveille en sursaut. Elle a du mal à respirer. Sa peau nue et bronzée est moite de transpiration. Son regard se pose sur la cheminée XVIIIe siècle de la chambre, sur laquelle trône un cadre qu'elle connaît bien. La vitre brisée de la photo a été remplacée.

Elle se retourne brusquement. À ses côtés, dans le lit à baldaquin, le torse d'un corps d'homme, éclairé par le soleil qui perce à travers les persiennes. Il dort profondément. Elle fixe ce visage endormi, ces boucles blondes, Max…

Alison pousse un profond soupir de soulagement. Elle est vivante, avec l'homme qu'elle aime.

Elle se lève le plus délicatement possible pour ne pas le réveiller. Encore frissonnante malgré la chaleur de cette matinée nîmoise, elle enfile un peignoir et se poste, songeuse, devant la fenêtre entrouverte de la chambre.

Pas de cocotiers ici, pas de piscine paradisiaque ; un chant de cigales vient seulement caresser son oreille et l'odeur épicée des pins chatouiller ses narines.

Combien de fois, depuis son retour de Los Angeles, a-t-elle revécu ce cauchemar !

Quand elle descend à la salle à manger pour préparer le petit déjeuner, elle aperçoit un colis qu'a déposé le facteur devant la porte vitrée. Il est adressé à Max.

Elle l'ouvre machinalement et y trouve un dossier. Une sueur froide lui parcourt alors soudain le dos.

Elle peut lire en page de couverture : dossier « Agence STARS ».

Sans doute devrait-elle attendre le réveil de Max, mais la curiosité est plus forte. Ce fameux dossier, qu'elle croyait perdu, et qui visiblement a été complété et classé…

Une carte de visite de Vincent, leur rédacteur en chef chez *France-Télévisions*, l'accompagne : « Max, ce que vous m'aviez demandé… »

La première pièce du dossier est un article du *Los Angeles Times* montrant la photo de l'arrestation d'un mafieux à l'aéroport de Los Angeles, alors qu'il s'enfuyait pour les Bahamas. Beau gosse, le regard bleu roi. Frank Lyman était considéré comme le cerveau d'un réseau international de trafic de drogue et de prostitution, qu'il blanchissait dans l'immobilier. Il n'avait opposé aucune résistance, mais avait tout nié en bloc, prétendant être promoteur immobilier. Il devait être jugé à l'automne, mais son dossier était si épais qu'il risquait la peine de mort par injection, comme le prévoyait la législation dans l'État de Californie.

Sur la page suivante, Alison découvre avec stupéfaction un autre article d'un magazine de télévision californien, mentionnant l'arrestation de Marc Chandler, un journaliste de *CBS News* à l'avenir qui semblait prometteur, mais qui s'était révélé être un complice de Lyman. Il serait jugé en même temps que ce dernier.

Chandler allait certainement à présent passer pas mal de temps derrière les barreaux, et en tout cas on ne le verrait plus sur un plateau de télévision.

Alison parcourt le dossier fiévreusement. Malgré plusieurs disparitions regrettables comme celle du rédacteur en chef de *CBS*, John Hart, l'affaire avait pu être finalement mise au grand jour par l'inspecteur Peter Granger, de la police de Los Angeles. Celui-ci s'était vu remettre, à cette occasion, l'insigne étoilé qui témoignait des services exceptionnels rendus à l'État. Il aurait même été proposé comme chef du Département de la police de Los Angeles. Bizarrement, il aurait cependant décidé de quitter la police après ce remarquable dernier fait d'armes, et se serait même remarié avec sa première femme.

Lorsque Alison lit les lignes suivantes, elle se met à trembler d'effroi :

« La rumeur court que l'inspecteur aurait été épaulé dans son enquête par une journaliste d'origine française de *CBS News*, qui se serait infiltrée dans le réseau mafieux, au plus proche du dangereux Lyman (elle aurait disparu depuis, sans doute sous la protection de la police) ; l'inspecteur Granger aurait toujours refusé de révéler son identité… »

Alison aperçoit alors le post-it de Vincent, à la fin du dossier : « Max, interdiction de parler de cette affaire à l'antenne. Laisse tomber, trop dangereux… Je vous l'avais déjà dit à l'époque ! »

Quelques documents en annexe l'intriguent soudain encore plus, comme cette lettre signée Max Lange et adressée à John Hart, lui recommandant une certaine Alison Parker, brillante ex-journaliste du service de l'information de *France-Télévisions*, qu'il lui conseille vivement d'embaucher chez *CBS*… ou encore ce récépissé de la poste française attestant qu'un bouquet de roses blanches lui aurait été envoyé à Los Angeles. L'instruction aurait été donnée depuis l'hôpital *Pompidou* à Paris, le jour de son anniversaire…

Max n'était-il pas dans le coma pendant toute cette période ? Les dates ne collaient pas. Qui avait pu prendre la place de Max, si ce n'était Max lui-même ?

Elle se retourne. Max, torse nu, est dans l'embrasure de la porte, souriant.

— Max, je ne comprends pas, dans ce dossier, cette lettre de recommandation signée de ta main pour Hart, les fleurs que tu m'aurais envoyées de Paris…

— Mon amour, tu ne crois donc pas aux « Anges gardiens ? »

À ce moment-là, les rayons de soleil dessinent étrangement comme une auréole blanchâtre autour de lui…

Elle sourit et se jette dans ses bras, en rendant grâce à Dieu, qui a fait revenir son Ange.

NOTE DE L'AUTEUR

Voilà, ce roman est terminé. Je ne sais si c'est la fin qu'Emmanuelle, ma femme disparue, qui a imaginé le début de cette histoire, aurait choisie pour son héroïne heureuse sauvée par son « Ange gardien », avec qui elle va enfin pouvoir vivre son seul amour vrai sur terre, ou un dénouement tragique, Alison se retrouvant broyée par la machination des forces démoniaques terrestres. J'ai longtemps hésité. La seule chose dont je me souviens, c'est qu'Emmanuelle, qui comme je l'ai dit ressemble étrangement à Alison, comme si elle s'était dépeinte elle-même, ne parvenait pas à terminer ce manuscrit. Elle semblait bloquée, tétanisée. Tout se passait comme si la fin lui faisait peur…

Quand Emmanuelle s'envola brutalement, sur un lit d'hôpital, à trente-cinq ans, n'ayant pas la grâce comme Alison d'être sauvée, je considérais, comme je l'ai déjà indiqué dans mon premier livre *N'oublie pas que je t'aime*, où je rends hommage à cette formidable force d'amour qu'elle m'a donnée, que je devais « continuer sa vie en continuant la mienne ». C'est pourquoi, avec nos enfants à élever, il me semblait que ma mission était aussi de donner vie à cette histoire qu'elle avait commencée, réaliser son rêve, la faire partager au public. J'ai d'abord repris son récit, qui était plutôt écrit sous forme du premier traitement d'un scénario de film, pour en faire un roman. J'ai cherché à rester le plus longtemps possible fidèle à son texte, même s'il n'y était pas alors question encore d'au-delà…

Son récit était plus orienté vers l'enquête policière, le polar. Je l'ai emmené involontairement aussi vers un univers peut-être plus sentimental et « spirituel ». J'ai repris le début, romançant un peu l'action, travaillant la psychologie des personnages, leurs fêlures, leurs contradictions, mais restant fidèle je crois à ce qu'elle voulait transmettre et ce jusqu'au dernier mot qu'elle avait tapé sur son ordinateur. Puis j'ai perdu sa piste. Je ne sais si le lecteur se rendra compte à quel moment nous n'écrivons plus à quatre mains, à quel moment je fais cavalier seul dans l'écriture. Je ne sais pourquoi, je pense que son âme m'a quand même accompagné, tout au long de ce texte… Terminer ce roman, c'était finalement passer encore un peu de temps avec elle, grappiller encore un peu de sa vie.

J'ai le sentiment étrange de n'avoir pas fait ce voyage tout seul, d'être un peu comme cet homme que décrit cet extrait de la Bible, qui marche solitaire dans le désert, reprochant au Seigneur de l'avoir abandonné, et à qui celui-ci réplique : « Quand tu ne voyais que tes seules traces de pas sur le sable, c'est alors que je te portais sur mon dos… »

Quand bien même je n'entendais pas les mots que son âme devait me susurrer à l'oreille (en tout cas, je me plais à le penser), je demandais à mes fils de quinze ans avec qui je vis seul à présent, à nos angelots, Julien et Mathieu, de me mettre sur la route. Ainsi, nous avons discuté ensemble de plusieurs suites possibles. C'est avec eux que j'ai imaginé la fin, car je me dis que si elle me parle, peut-être, aujourd'hui, c'est à travers leurs bouches qu'elle le fait.

Je me suis accroché jusqu'au bout à ses écrits, allant jusqu'à retrouver avec délice et de façon improbable des feuillets manuscrits inédits dans ses affaires (surgissant soudain de son agenda ou de ses dossiers professionnels), où elle envisageait plusieurs rebondissements possibles. Je les ai tous réintroduits, de différentes façons, dans la suite du récit. Enfin, si je veux vous donner un indice, disons qu'après le mot « frangine » (à vous de le retrouver), j'ai dû quand même beaucoup improviser.

Tant de similitudes entre elle et Alison… Ce côté entier, passionné, belle à l'extérieur comme à l'intérieur, ne supportant pas l'injustice, cette soif d'absolu, ce côté têtu aussi (elle en riait), à vouloir tout assumer toute seule, cette immense générosité qui la faisait se soucier toujours des autres, vivre pour ceux qu'elle aimait, ce goût du risque… Combien de « clins d'œil » ai-je retrouvés dans cette histoire, bizarrement, à notre propre vie. La gémellité si présente dans le roman, entre Mary et Kimberley, alors que justement, nous avons eu des jumeaux… ou encore notre passion commune pour le monde des médias, pour n'en citer que quelques-uns.

J'avoue avoir puisé, dans notre autobiographie et la suite de notre vie, aussi quelques scènes de la fin de cette fiction, en particulier celles de l'hôpital. Je me suis par exemple vraiment retrouvé comme Max, bloqué dans l'ascenseur d'un hôpital, alors que ma bien-aimée était en train de quitter son corps (je le signale pour ceux qui trouvent peut-être que, là, l'auteur a exagéré, afin de créer plus de suspense), mais ne dit-on pas que la réalité dépasse bien souvent la fiction ?

Vous comprendrez donc que ce roman représente bien plus à mes yeux qu'un livre de plus ; il fait partie de ma vie. Il est ma vie, et la sienne aussi.

Je n'ai pas eu la chance de pouvoir changer comme Max le cours du destin et, tel le Prince charmant de *Cendrillon*, de ressusciter ma belle endormie. Mais j'ai tenté de le faire par l'écriture (c'est peut-être le seul privilège du romancier par rapport aux autres vivants). Comme j'aurais aimé, à l'instar de Max, être un « Ange gardien » pour mon Emmanuelle, me tenir comme dans l'épilogue heureux, dans l'embrasure de la porte, souriant, et la serrer dans mes bras ! Pourtant, j'ai le sentiment indéfinissable qu'aujourd'hui, c'est Emmanuelle qui est devenue mon « Ange gardien » dans cette vie terrestre, si j'en crois les signes et les moments magiques que j'ai pu vivre depuis son départ, ma rencontre avec des lecteurs étant d'ailleurs l'un des plus beaux cadeaux qu'elle ait pu m'envoyer. Ce sentiment se transforme, jour après jour, en une croyance inébranlable.

Oui, ce livre est une fiction. Mais regardez-y de plus près. Ce qui est vrai, il me semble, c'est la morale universelle sur l'Amour que j'ai cherché à y transmettre. L'Amour est une force incommensurable, la plus puissante de l'univers, rien ne lui résiste, ni la mort, ni le Mal et ses démons. L'Amour triomphe toujours, dans cette vie ou au-delà.

Il est une chose que l'homme maîtrise, il me semble, c'est la façon dont il dirige sa vie. Dieu, s'il existe, je crois, n'intervient pas en général, afin de nous laisser le libre arbitre. Sans doute avons-nous tous un destin tracé et il y a des passages obligés, des bornes, ou des bouées pour utiliser un vocabulaire maritime, que l'on doit passer obligatoirement, et nous avons tous des rendez-vous fixés d'avance. Mais nous restons, à mon sens, les pilotes de notre propre navire et, selon les vents que nous décidons de prendre, nous pouvons toujours choisir une voie ou une autre.

Ce qui est important, c'est au fond de ne pas se tromper de chemin ! Le pire, en amour, c'est de partir sur une fausse piste, de suivre un masque trompeur. Alison choisit Frank et part loin de toutes ses attaches, alors que l'homme qui est fait pour elle est devant ses yeux, comme si elle avait peur du vrai bonheur, parce qu'il serait trop évident.

C'est souvent le cas ici-bas, et combien sont celles ou ceux qui ne vivent pas la vie qu'ils devraient avoir ! Est-ce le destin qui l'a voulu ainsi ou, comme Max, peut-on encore se rebeller et dire non, changer son cours ?

« Le Ciel a voulu que je fasse ma vie avec un homme qui ne m'était pas destiné, et je perds mon temps en silence pour obéir à sa volonté. Mais si les portes de l'Éternité ne s'ouvrent pas, je demeurerai avec la plus belle moitié de mon âme. » (Khalil Gibran, *Les Secrets du cœur*.)

Est-ce que Dieu l'avait voulu ainsi ? Alison devait-elle passer par cette épreuve (comme je devais subir la perte d'Emmanuelle) pour réaliser enfin à quel point Max était son double, trouver la vraie voie ? La mienne est peut-être celle, maintenant, de la transmission de la croyance en l'Amour aux autres par l'écriture, ma véritable mission sur terre.

Alors ne vous trompez pas de chemin, suivez votre cœur, sachez distinguer les vrais et les faux sourires et puis, surtout, faites confiance en Dieu. Dites-vous que, même si vous faite une erreur, on a toujours une deuxième chance. Il ne sert à rien de s'entêter. *Errare humanum est, perseverare diabolicum*… Toute âme peut-être a le droit d'être sauvée. Le Mal ne peut rien contre la prise de conscience de l'Amour vrai.

Si ce n'est sur cette terre, ce sera peut-être dans l'au-delà que nous le retrouverons. Nous avons tous un « Ange gardien ».

Mon Ange à moi, me direz-vous, ne reviendra pas ici-bas. Mais qui sait ? À travers et grâce à ces pages n'est-il pas déjà revenu ?

TABLE DES MATIÈRES

Adresse électronique pour le courrier des lecteurs :

jeromearnaudwagner@gmail.com

Sites de l'auteur :

www.jeromearnaudwagner.com
www.noubliepasquejetaime.fr

Composé par Nord Compo
à Villeneuve-d'Ascq (Nord)

Imprimé en France par

CPI
BRODARD & TAUPIN

à La Flèche (Sarthe)
en mars 2014

POCKET – 12, avenue d'Italie – 75627 Paris Cedex 13

N° d'impression : 3004685
Dépôt légal : avril 2014
S23794/01